문학이 꽃핀다

문학이 꽃핀다 동인문집 제1집

시음사
시사랑음악사랑

■ 발간사 ■

〈문학이 꽃핀다〉 첫 동인문집을 발간하면서...

안녕하세요 네이버 문학 밴드 〈문학이 꽃핀다〉 문우 여러분

우리 〈문학이 꽃핀다〉가 태어난지 2023년이 되면 4주년이 되어가고 있습니다.
사이버공간에서 문학을 매개체로 만나 문학이란 언어와 삶을 통해 서로 소통하였고 어느 날은 서로의 안부를 통해 슬픔을 위로하고 어떤 날은 기쁨과 즐거움에 박수와 축복을 함께 보내 주었습니다.

이번 우리 〈문학이 꽃핀다〉 밴드가 4주년을 맞아 새로운 도약과 발전을 위해 첫 동인문집을 준비하게 되었고 새로운 문학 언어와 발견을 통해 만나고 소통하며 자랑스러운 〈문학이 꽃핀다〉 문우님이 되시길 바랍니다. 또한 첫 동인문집에 문우님들의 작품들이 독자의 마음을 기쁘게 하고 삶에 즐거움과 희망을 더하며 행복한 일상으로 이어지길 바래봅니다.

특히, 이번 동인문집을 발간하기 위해 두근거리는 열정으로 준비한 문우님과 솔선수범하신 공동리더 기영석 시인님, 따순 김옥순 시인님, 가람 김유진 시인님, 시랑 박정미 시인님, 이둘임 시인님의 보이지 않는 정성과 수고로 첫 동인문집이 탄생하게 되었음을 늘 감사하게 생각합니다.

더불어 문집 탄생을 축하해주시는 초기 밴드 회원이셨던 유영서 대한문인협회 인천지회 지회장님께 감사와 사랑을 전합니다.

이제 2022년도 얼마 남지 않은 시간에 문우님들 가정에 담아 두었던 기대를 모아 기쁨과 건강과 행복으로 소중히 마무리하시길 바랍니다. 다가오는 2023년 새해에는 모두가 원하고 뜻하시는 모든 것 이루어지시고 건강하고 희망찬 한해로 활짝 날개를 펴고 비상하시길 기대합니다.

2022년 11월
〈문학이 꽃핀다〉 리더 박치준

* 초대 시인

시인 유영서

충북 진천 출생, 인천 거주
대한문학세계 시 부문 등단
(사)창작문학예술인협의회 회원
대한문인협회 인천지회 지회장
인천시 남동문학회 회원

〈수상〉
2019년 대한문인협회 인천지회 향토문학상 경연대회 은상
2019년 한국문학 향토문학상 수상
2020년 짧은 시 짓기 전국공모전 동상
2021년 짧은 시 짓기 전국공모전 대상
2021년 한국문학 예술인 금상
2022년 신춘문학상 공모전 금상
2022년 순우리말 글짓기 전국공모전 은상
대한문인협회 이달의 시인, 금주의 시, 좋은 시 선정

〈시집〉
제1시집 〈탐하다 시를〉
제2시집 〈지우는 마음도 푸른 물든다〉
제3시집 〈구름 정류장〉

〈공저〉
유화로 보는 명인명시선
2021년 현대시와 인물 사전
2022년 명인명시 특선시인선
박영애 시낭송 모음 8집 "시 마음으로 읽다"
박영애 시낭송 모음 9집 "명시 언어로 남다"
대한문인협회 인천지회 동인문집 〈글 꽃 바람〉, 〈글 향기 바람 타고〉
인천 남동문학회 동인지 외 다수

저 꽃이 뭐길래 / 유영서

다른 곳으로 가볼 테야
오늘은

작심하고 나선 길
돌아 돌아 멈춰 서니
어제 그 자리

어쩌지
수줍게 앉아 있는 너의 모습

이러면 안 되는데 하면서도
발걸음
너에게로 향하는 걸

아무래도 난
이 가을에 깊은 사랑에
빠진 거야

아픈 가을 / 유영서

왈칵
쏟아놓은 가을이
붉다

그런데
왜 이리 내 가슴이
찢어지게 아려오지

가을볕에
잠시 쉬어가는
내 심사

지독히도 아픈
저 가을 때문인가

나는 오늘
마음속으로 많이 울었다.

시인 기영석

경상북도 예천 거주
네이버 문학 밴드 〈문학이 꽃핀다〉 공동리더
대한문학세계 시 부문 등단(2019년)
(사)창작문학예술인협의회 회원, 대한문인협회 대구경북지회 정회원
대한창작문예대학 10기 졸업, 문예창작지도사 자격 취득

〈수상〉
대한문학세계 시 부문 신인문학상(2019)
대한창작문예대학 졸업 작품 경연대회 금상(2020)
대한문인협회 2020년 3월 1주 금주의 詩, 8월 1주 좋은 시 선정
대한문인협회 2020년 12월 이달의 시인, 2021년 3월 1주 금주의 詩 선정
대한문인협회 주최 〈신춘문학상〉 전국공모전 은상(2021)
대한문인협회 2022년 7월 2주 좋은 시 선정
대한문인협회 주최 〈순우리말 글짓기〉 장려상(2022)

〈공저〉
대한창작문예대학 10기 졸업 작품집 〈가자 詩 가꾸러〉(2020)
2020년 유화로 보는 명인명시선, 현대시를 대표하는 〈명인명시 특선시인선〉 (2021)
2021년 명시 언어로 남다, 조선어연구회 발족 100주년 기념 〈현대 시와 인물 사전〉(2021)
〈2022 詩 자연에 걸리다〉 특별초대 시인 시화 박람회 참여

〈시작 노트〉
노을 진 하늘은 참 아름답습니다

숨 가쁘게 달려온 시간들
길들어진 시어를 찾으려
게슴츠레한 눈으로 밤을 새웠습니다

숨겨둔 기억을 여백에 옮기며
인연의 끈을 붙잡고

설레는 마음 달래가며
조심스럽게 시(詩) 밭을 가꾸렵니다

인연의 끈 / 기영석

어쩌다 피어난 들꽃처럼
그 향기 가득 담아
파란 하늘에 흩뿌리고

곱게 물드는
이파리는 단풍을 꿈꾸는데
걸어오는 찬바람
여인의 젖가슴을 만지네

들꽃과 마주 앉아
시어 한 구절 구걸하여
노을 따라 추억을 먹는다

하선암에서 / 기영석

널따란 계곡 너럭바위
낙엽 한 잎 홀린 듯 물 위에 누웠고
어린 물고기
한곳에 모여 가을을 먹는다

물속 누운 산
거울처럼 또렷하게 펼쳐지고
파란 하늘 구름 한 점
이리저리 떠돌며 유영하네

묵직한 바위에 부딪힌 가을
여울물에 몸 담그고
건너편 구절초는 하얗게 웃는다

지워진 기억 / 기영석

곱게 내리쬐는 햇살이
모래 위에 시를 쓰고

수평선 저 멀리
달려오는 시어들은
하얀 파도에 몸을 숨겨
쉴 새 없이 울고 있다

주름진 물결은
팔을 벌려
때 묻은 시간을 씻는데

갯바위 앉은 갈매기
한가히 노닐며
가을을 물고 나래를 편다.

삶의 정답은 없다 / 기영석

잘 살아야지
잘 살아야지 하면서도
어떻게 살아야 잘 산다고 말을 할까요
모두의 바람입니다

돈
명예
· · · · · ·
나름대로 부질없는 욕심일 뿐이겠지요

행복
그럼 행복은 존재하는 것인지
행복은 뭐라고 답을 해요
행복은 사전적 의미일 뿐입니다

욕심과 마음을 비우는 것
아니면 잘 먹고 잘 싸는 것인가요
어찌 말을 해봐요
정답이 없다는 게 정답일 거예요

닮고 싶을 때 / 기영석

파란 하늘은
언제나
내가 바라는
좋은 친구가 되고 싶다

하지만
계절이 변덕스러워
비도 오고
눈도 오더라

때로는
바람도 불고
구름도 흘러 다니지

그래도
하늘은 모든 걸
다 받아 주고
세상을 품어 주니까

그래서
나는
하늘을 꼭 닮고 싶다

시인 김귀순

경상북도 안동 거주
네이버 문학 밴드 〈문학이 꽃핀다〉 회원
대한문학세계 시 부문 등단(2019년)
(사)창작문학예술인협의회 회원
대한문인협회 대구경북지회 정회원
대한창작문예대학 10기 졸업

〈수상〉
대한문학세계 시 부문 신인문학상(2019)
대한창작문예대학 졸업 작품 경연대회 금상(2020)
대한문인협회 2020년 10월 4주 금주의 詩 선정
2022년 대한민국 독도 문예대전 일반부 시부문 입선

〈공저〉
대한창작문예대학 10기 졸업 작품집 〈가자 詩 가꾸러〉(2020)
현대시를 대표하는 〈명인명시 특선시인선〉(2021)
〈2022 詩 자연에 걸리다〉 특별초대 시인 시화 박람회 참여

〈시작 노트〉
짧고도 긴 세월 살아오면서
얽히고설킨 마음속 응어리
한올 한올 풀어서 다시
엮어가는 심정으로 그려보는
인생 이야기.

보석보다 당신 / 김귀순

반짝이는 다이아몬드가 아니어도
눈부신 황금이 아니어도
투박한 말솜씨에
칭찬인지 타박인지 애매한 사투리로
흰머리 바라보며 고생했단 말 한마디
넌지시 뱉어주는 당신이 있어
행복인 줄 알고 살아온 삶

듬성듬성 힘없이 늘어진
몇 가닥 남은 머리카락
애잔한 눈빛으로 바라보며
생선 가시 발라서 밥숟갈에 얹어줄 수 있는
당신이 있어
행복인 줄 알고 함께 걸어온 길

친구 손가락에서 반짝이는 보석이
부러운 때도 있었지만
친구 목줄에 대롱대롱 그네 뛰는
다이아몬드에 눈길 간 적도 있었지만

이제 익어가는 이 나이에
반짝이는 보석이 무슨 소용
당신과 한평생 삶이
밤하늘에 빛나는 별이요
날마다 떠오르는 태양인 것을

보석 반지 끼워보지 못한 거친 손으로
당신을 위한 밥상 차릴 수 있어
오늘 하루도 행복이라고
위안받지요.

어미의 마음 / 김귀순

밤새도록 창을 두드리며
울부짖는 밤바람에
잠 못 드는 어미의 마음은
자식 생각뿐

몸도 마음도 움츠려지는 찬바람에
의지할 곳 찾아 헤매는 자식 생각에
밤새워 가슴앓이한다

빈들에 뒹구는 조각 난 낙엽이 되지 않기를
풍랑 속 밤바다에 뜬 조각배가 되지 않기를

척박한 돌 틈에서도 한 그루의 거목이 되거라
물과 거름이 되어 주리라
거친 밤바다 위에서도 돛을 올려라
등대가 되어 주리라.

가을 무희 / 김귀순

갈바람에 하얀
여러 폭의 치맛자락 한들한들 흔들며
길손마다 방긋방긋 은은하게 노오란
향기로 웃음 짓는 너는
구절초였구나

연보라에 더 많은 치마폭으로
은근슬쩍 노란 속 내보이며
구절초인 양 흉내 내는 쑥부쟁이
너는 나를 속였구나

그래
예쁜 속임에
구절초이면 어떻고
쑥부쟁이라면 어때
내 눈엔 다 예쁘기만 한걸

너는 너대로
또 다른 너는 너대로
좋은 약성과 좋은 향기와
고운 자태로 길손들의 사랑을 받고
사랑을 주면 되는 거지

바람 시원한 이 가을
하얀 무명 치마에 보라 빛깔 치맛자락으로
나풀나풀 곱게 춤추는
가을 무희들
참으로 아름다워라.

첫서리 / 김귀순

어젯밤 막내의 안부 전화
별일 없냐고 묻는 말에
으응
저도 별일 없다는 말에
그래

매일매일 상투적인 안부
전화 끊기 아쉬우면
날씨 안부 교환한다

어제까진 포근했는데
오늘은 춥네!
그렇지?
옷 따뜻이 입어라
밤에 서리 오겠다

오늘 아침
창밖의 풍경
밤새 하얀 서리 이불 덮고
오들오들 떨었을 월동 초

어제 황토 이불 덮고 누울 땐
한낮 햇살에 따끈따끈했었지

너무 푸르러 눈이 시리던 산야엔
누런 땡땡이 점점 붉게 번져 불타오르고
병풍산으로 둘러싼 내 정원에도
내년을 준비하는 소리
깊은 골짝을 흔들어 댄다.

노각 오이 / 김귀순

녹슨 철망 붙잡고 청춘을 다 보낸 세월
늙은 몸 외줄에 매달려 오매불망 기다리는
마지막 남은 하나
뚝 따서 쓱쓱
여름내 빛바랜 누추한 옷을 벗긴다

겉은 볼품없이 늙어서도
하얀 속살은 제대로 여물었다.

마늘 다지고 청 홍고추 어슷어슷 썰어서
하얀 속살에 버무리고 새콤달콤 맛 내면
저만치 달아나던 입맛도 뉴턴 한다

밤새도록 비바람 몰고 온
힌남노의 심술에
맛깔나게 익은 열매 툭툭 떨어져
밭고랑에 나뒹굴면

밤새 애태운 농심 누렇게 녹아
과원을 헤매다가
새콤달콤에 매콤까지, 곁들여 유혹하는
노각 오이에 빠져
태풍을 원망하던 마음 스르르 녹아내리고
또다시 내년을 기약한다.

시인 김귀하

경상북도 안동 거주
네이버 문학 밴드 〈문학이 꽃핀다〉 회원
대한문학세계 시 부문 등단(2020년)
(사)창작문학예술인협의회 회원
대한문인협회 대구경북지회 정회원

〈수상〉
대한문학세계 시 부문 신인문학상(2020)
2022년 대한민국 독도 문예대전 일반부 시부문 입선
대한문인협회 대구경북지회 향토문학상 경연대회 장려상(2022)

〈공저〉
〈2022 詩 자연에 걸리다〉 특별초대 시인 시화 박람회 참여

〈시작 노트〉
일기장 펼쳤다
가슴속에 담아 둔 마음을
꺼내 흰 백지에 옮겨 적었다
어느 날 일기장 속에 쓰인
글이 시적으로 흘러갔고
시인 친구와 주거니 받거니
하다 보니 우연하게 시 쓰는
공인이 되어 자연이랑 어울려
꽃과 풀에게 대화 하면서
옛 추억과 내 삶의 한 장면으로 펼쳐내어 본다

엄마의 사랑 / 김귀하

강물 속에 맑은 공기가
가슴속 깊이 들어오면
어린 시절 자라난 짙은 향기 뿜어댑니다

흙냄새 물씬 풍기는 시골은
모내기 준비하는 논에
우렁이 냉이 씀바귀꽃이
앙증맞은 얼굴 서로 맞대어 눈인사로 반겨줍니다

하얗게 피어난 감자
탱글탱글 배가 불러오는 완두콩
얼마 있으면 시집갈 고구마 순까지

시골의 들녘은
정이 넘치는 사람으로 가득하고

엄마의 깊은 사랑에
곡식마다 꽃을 피우고
여름은 풋열매 키워 익어 가겠지요

바람이 부는 날에도
먹구름 흐르는 날에도
자식 생각에 허리 굽히며
힘겹게 심어 놓은 곡식을 마주하던 엄마
무성한 잡초와 씨름을 합니다

호미 잡은 엄마의 한숨 소리에
하루해는 저물어 어둑어둑
참다못해 물결처럼 흐르는 눈물을 담아봅니다.

산 / 김귀하

생명이 있는 모든 것들이
싱싱하고 아름답게
뒤척이는 따스한 봄날

답답함을 참지 못하고
봄비를 맞으며 산을 찾아
꽃잎이 흩날려 꽃비로 내린다

바람 따라 흩어지는
설레는 마음 남겨두고
봄꽃들이 서로를 질투하듯
여기저기에 자랑이 늘어질 때

연둣빛으로 변해가는
산천의 풍경 속에서
늘 푸른 소나무와
한 폭의 수채화를 그려낸다

기다림 / 김귀하

낚시 한 대에 지렁이 한 마리
주사기 바늘이 정맥 찾듯 꿰는데
쉴 새 없이 꿈틀꿈틀
대롱대롱 매어 달린 지렁이는 몹시 아픈지 온몸을 뒤
틀며 야단법석

자 이제 던져보자
영롱한 수면 밑으로 첨벙
자맥질하더니 다시 자리를 잡고 일어서는 낚싯바늘과
연결된 종대

넣자마자 물 위를 날던
잠자리 떼가 종대 위에
고정되어 노닐고 종대는 오르고 내림을 반복

낚시는 인내가 필요한 고상한 취미생활이라지
던져놓고 수 시간이 지나도
붕어 꼬랑지 안 보이니
그래서 인내가 필요한가 보다

많이 생각할 기회도 생겨나고
마음의 여유를 가지면
붕어 꼬랑지라도 볼까 하염없이
기다려 본다

하염없는 기다림에 지친 나는
꼬리도 비치지 않는 물속 붕어들에게 눈 흘기며 이제
야 가노라.

가을 나들이 / 김귀하

바람이 온종일
진한 먹구름과 해님 사이를
웃다 숨다 반복하며 하루가 지나간다

오랜만에 반가운 시인을 만나니
걷는 길마다
쑥부쟁이꽃이 말을 건다

까칠이님
저 좀 보고 가세요
살랑살랑 손짓하며
숨겨 놨던 향기를 풍겨댄다

너는 어디서 왔니? 혼자 외롭겠다
아니에요, 전 외롭지 않아요
지나가는 언니 오빠들이
예쁘다며 얼굴 비비면
잠자고 있던 카메라가 빛을 발한다

시원한 가을바람에
진한 향기가 코끝에 닿으면
여기 가을을 여는
가을 사랑 걸음을 재촉한다.

그리운 겨울 / 김귀하

추억이 그려집니다

어두운 굴속에서 장작불이
활활 열꽃을 피워댄다
아궁이 불에 고구마 묻어 놓고
열 손가락 펼쳐 불씨랑 부지깽이 놀이 중이다

논바닥 얼음판 위에 엉덩이를
들썩이며 달려대던 썰매
그때가 그립다

늦은 밤 동치미에 고구마도
구워 먹으며 도란도란 옛이야기로 밤을
새우던 그 겨울밤의 그때가

이제는 아궁이도 사라지고
썰매를 타던 옛일도 지나갔고
술래잡기하던 친구들도
훌쩍 커서 중년이 되었지만

그 시절의 일들은 동화처럼
우리들 가슴속에 남아
눈보라 휘몰아치는 한밤에
벌어지는 긴 이야기들도 잊을 수가 없다.

시인 김병훈

충청남도 서산 거주
네이버 문학 밴드 〈문학이 꽃핀다〉 회원
대한문학세계 시 부문 등단(2019년)
(사)창작문학예술인협의회 회원
대한문인협회 대전충청지회 정회원

〈수상〉
대한문학세계 시 부문 신인문학상(2019)

〈시작 노트〉
예술이라는 것은 나를 알아가고 완성해가는 긴 항해입니다
그리고 바쁘고 지칠 때 슬며시 다가온 친구이기도 합니다
언제나 찾아갈 수 있는 친구가 되어 때로는 위로가 되기도 합니다
여러분에게 도움이 되는 인자가 되었으면 좋겠습니다.

봄날에 / 김병훈

훈풍과
흐르는 물이
속삭인다

아지랑이가 만든
추상화 속으로
잊힌 것들이
불현 듯 일어나

될 것 같은 디딤돌로
푸르름을 생각하며
추위의 상처가
아물지 않았지만
이제
마침표는 없다

가보지 못한
가파른 언덕을
무념으로
오르고 있다.

시화호에서 / 김병훈

갈대숲 흔들림은
떠나가는 가을에

눈시울 붉히며
가지마라 호소하는
애절한 이야기

상처가 된 전율은
바람 되어 불어오고

해마다 흘린 눈물이
호수 되어 출렁이네.

연밭에서 / 김병훈

조그만 우산 들고
햇빛 가리다
비 오면 구슬치기하고

깊은 명상에 잠겨
세상사 잊어버렸다

저 심중의 염원으로
연꽃 피어
천상의 향기 흐르는데

시리도록 푸른 하늘
청정으로 향해가고

어두운 마음에
불을 밝혀주소서.

소나기 / 김병훈

하늘은 먹장구름 속에서
가지고 있는 병장기로 내리쳤다

번쩍거리는 굉음 속으로
물방울 화살이
온 천지를 뒤덮는다

감당할 수 없는 물살에
세상 때 퉁퉁 불어
후련히 떠나고

무지개 사이로
평온을 되찾고
다시 태어난 산과 들

지난 내 생각들을
되뇌어본다.

간월호 / 김병훈

간척지를 끌어안고
젖줄이 되었네

따스함 사이로
물고기 모여들어
낚싯바늘이 생과 사를
줄타기하고

수로와 늪지의
철새들 긴 목의 높은 바램

삶의 주름은 있는 법
바람에 털어내고
물이여 씻어 가라
푸른 하늘에 느낀 것 본 것
모두 닦아

풍요의 요람이여
불같이 일어나라.

시인 김옥순

경상북도 안동 거주
네이버 문학 밴드 〈문학이 꽃핀다〉 공동리더
대한문학세계 시 부문 등단(2018년)
(사)창작문학예술인협의회 회원
대한문인협회 정회원
대한창작문예대학 10기 졸업
문예창작지도자 자격 취득

〈수상〉
대한문학세계 시 부문 신인문학상(2018)
대한창작문예대학 졸업 작품 경연대회 동상(2020)
대한문인협회 주최 〈코로나-19 짧은 시 짓기〉 전국공모전 은상(2020)
마운틴TV〈시공간 시즌2〉 "꽃이 된 새싹" 선정 및 방영(2021)
대한문인협회 2022년 5월 3주 "푸른 시절" 좋은 시 선정
조세금융신문 〈시가 있는 아침 〉 "봄이라 부른다" 선정(2022)
〈공저〉
대한창작문예대학 10기 졸업 작품집 〈가자 詩 가꾸러〉(2020)
조선어연구회 발족 100주년 기념 〈현대 시와 인물 사전〉(2021)

〈시작 노트〉
사랑해*

눈 뜨는 아침
너의 흔적 발견하고
너의 그 말 한마디 내 마음은 온통 꽃밭.

사랑해 말 참 예쁘다
언제 어디서 들어도 기분 좋은 말
사랑해* 사랑해* 그동안 못다 한 표현을 이렇게나마 해 보련다.
사랑한다는 이 말 한마디
모두에 마음을 온통 꽃밭으로... 사랑해*

브라보 당신 / 김옥순

여름보다 뜨거운 가슴으로
두 아들이 당신 위해 준비한 꽃다발 건넵니다

초인종 울리는 순간
축하의 박수는 온 집안으로 만발했지요

새벽하늘과 어둠이 깔린
땅의 시간에 발자국 남기며
사계절이 닳고 닳도록 최선을 다한 당신

삶의 모든 여정에 식지 않던 열정
나눔과 봉사는 필수인 것으로
35년 하루 같았지요

퇴직이란 종점에 도달해
아쉬움 별처럼 쏟았지만

그 어깨에 짊어진 무거운 짐
이제는 내려놓고 한걸음 뒤로 물러서서
느린 걸음으로 가도록 해요

세상에서 멋진 아빠
풍경 같은 남편
당신의 땀은 값진 보석으로
기억하고 간직하리다

쉼 없이 달려온 어제는 떠났지만
새로운 여행이 기다리는 내일이
당신을 응원해, 브라보.

그대와 나의 향기 / 김옥순

햇살 내리는 길섶
가녀린 연보랏빛 제비꽃이 수줍게
그대와 나를 따라와요

분수처럼 사르르 내리는 꽃비 맞으며
다람쥐 거닐던 숲길 둘이서

반기듯 정겨운 새소리에
경쾌해지는 걸음

소나무 가득한 울창한 숲을 지나
산 등에 올라서니
코끝에서 와닿는 솔향 그윽한데

우리 삶의 향기는 어떤 모습일까
그윽한 향기 담자고 약속하며 지켜온 날들

건강 하나
웃음 하나
그리고
그대와 나 사이
가꾸어 온 가족 울타리
뭉클하게 내려앉아요

오늘따라 유난히 햇살이 따스해요.

꽃이 된 새싹 / 김옥순

햇살 양지바른 곳에 어린 꽃이 피었다

어제 구슬피 우는 비는 흘러내리는 어머니 눈물로 바뀌었고
꺼이꺼이 울어대는 산새들도 눈물을 연이어 훔쳐댄다

곱게 차려입은 가녀린 푸른 옷
겨우내 찬 바람에 젖 먹던 힘으로 버티다
찬 서리에 온몸이 부딪치어 달그락거리며 떨면서
찡그린 하늘만 애타게 쳐다본다

꽃샘추위에 고개 꺾일까
놀란 마음으로 연분홍 코트 벗어 감싸는 어머니
떨고 있던 어린 꽃이 어머니의 품에 스르륵 잠긴다

언제나 부둥켜안고 살아간다는 것이
하염없이 흘러가는 눈물의 강줄기처럼
어머니의 마음은 어린 꽃에 머물러 간다.

그해 우리는 / 김옥순

우리는
그해 웃음을 퍼 날랐지요

오랜 날 은사님 앨범 속에
잠자던 어린 꼬맹이들
물가에서 펼쳐진 미래를 즐기고

흐르는 개울물 따라
치맛자락 적실까
돌돌 말아 걷어 올린
작은 소녀 마음이 피어있었지요

졸졸 흐르는 물에
노래 띄워 보내면
이름 모를 풀잎과 리듬 타며
논밭 둑을 놀이터로 여겨왔고요

맛있는 이슬 먹고 갓 피어난
꽃 같은 소녀들은
세월이 달력 넘어가는지 모르고
웃음꽃 열매 만들어 내었어요.

잎새가 붉어가면 / 김옥순

언젠가 바람이 말했다

두근 거리는 계절 가을이 오면
구절초 닮은 향수가
눈부시게 뿌릴 거라고

시간마다 노랗게 물들어가는
햇살 한 바가지 풀어
여유로운 마음으로 웃는 얼굴들

흔들거리는 바람 타고
불꽃같이 타오르는 열정
가을 하늘 아래서 양팔 펼쳐놓고

한 모퉁이 돌아 돌아서
떨어지는 꽃잎
그 자리에 돌아갈 기다림 수놓으며
상큼한 발걸음 내딛는다

단풍보다 붉은 열정
서서히 배낭 속에 챙겨 넣고
잔잔히 떨리는 잎새의 웃음 가슴에 담는다

가을, 붉어간다 나도 붉게 젖어간다.

시인 김용호

경상북도 안동 거주
네이버 문학 밴드 〈문학이 꽃핀다〉 회원
대한문학세계 시 부문 등단(2018년)
(사)창작문학예술인협의회 회원
대한문인협회 대구경북지회 정회원

〈수상〉
대한문학세계 시 부문 신인문학상(2018)

〈공저〉
〈2022 詩 자연에 걸리다〉 특별초대 시인 시화 박람회 참여

〈시작 노트〉
산마루에 걸려 있는 가을을 보면
밤과 낮 눈 붙일 새 없이
하루하루 허둥지둥 쫓아다녀도
삶과 사랑 채울 수 없는 시간
그 시간의 거리에 글자를 널어본다.

추수 / 김용호

산마루에 걸려있는 석양에 고개 숙인다

비바람에 멍든 상처 속에도
쓰러질 듯 지친 몸 이끌고
떠밀리듯 건너온 영근 계절

다랑논마다 햇살이 채우고
땀이 가꾼 고개 숙인 이삭
고단함이 묻었는데
이별의 아쉬움으로 들판에 흔적 남긴다

긴 나날 품어 온 결실의 꿈
황금빛 이불속에 묻어 두었다가
비지땀 흘린 농심으로
곡식은 알알이 영글었네

가을바람 스친 자리엔
노릇노릇 피어 나는 불꽃처럼
수많은 새 꿈이 추수하는 알곡에 새집을 쌓는다

저 들판에 울려 퍼진
추수를 찬양하는 흥겨운 노래

가을 들판 앞에 선 농부의 가슴마다
피어나는 행복의 나래
귀농의 시간 가을걷이 서두른다.

시집가는 날 / 김용호

가을이 데리고 온 풍요의 자식들
부모 마음으로
애지중지 다루어 시집보낼
준비에 사과밭으로 향한다

임이 누군지 모른 채
엄마 품 나무는 황량한 땅에 세워 놓고
발그스레 얼굴 붉히며 농부 손에
이끌려 따라나선다

한 아름 또 한 아름
꽃보다 더 예쁜 동그란 얼굴
겨울이다가 오기 전에
하루 일찍 떠나보내려니 손이 바쁘다

밤과 낮 눈 붙일 새 없이
허둥지둥 쫓아다녀도
싱글벙글 입가의 미소가 번지고
어깨 위로 춤을 춘다

여명에 곱게 잡은 손
공판장으로 건네고
또 다른 형제자매 출가 준비에
바빠지는 발걸음

잘 익은 가을이 더욱 붉다.

사랑 하나 / 김용호

사랑이란
꽃이 피듯 따뜻하게 피어오르고
푸른 나무 잎새처럼 풋풋해지고
하늘처럼 자비스럽다

사랑이란
창고에 쌓아 놓은 물건처럼
가을날 만난 애인처럼
바라보는 것만으로도 눈이 빛나고
그윽한 마음이 충분하다

사랑이란
어느 날 문득
소유하려 할 때
기꺼이 버거운 고통이 따를 수 있기에

늘 출렁이는 마음을 담아
오늘 행복한 하루가 되기를 바랄 뿐.

5월의 커피 / 김용호

푸른 5월이 바쁘다
초록이 쉴 새 없이 기념일 오가며
숨 막히게 가정의 달 채운다

바람도 바쁜 오월
부드러운 커피 향에 머문다
지나가는 사람들 웃음소리가 달콤하다

바쁜 호흡 들이키고
커피 한 잔의 여유 부리며
하루를 여는 아침

커피 향에 취하고
연초록에 취해 오월이 발걸음 붙든다
푸른 물결이 차오른다.

친구야 / 김용호

코끝으로 스미는 봄 향기
네 생각은 여전한데
봄은 잠시 왔다 갈 거면서
내 가슴에 미소만 남겼다

유행가처럼 가끔 들어도
가사를 외워버리고
순간순간 다른 느낌을 주는
그런 음악 같은 친구

기쁠 때보다
힘들고 외로울 때
망설임 없이 연락할 수 있는
그런 친구로 말이네

야멸찬 바람 휘몰아쳐도
시린 가슴 녹여주는 차 한잔
여유를 아는 그런 친구

사람들이 그러더라
진실한 친구 세 명만 있으면
성공한 인생이라고
그중에 하나가 내가 되고 싶다

시인 김유진

부산 거주
네이버 문학 밴드 〈문학이 꽃핀다〉 공동리더
대한문학세계 시 부문 등단(2018년)
(사)창작문학예술인협의회 회원, 대한문인협회 부산지회 정회원
대한창작문예대학 10기 졸업, 문예창작지도사 자격 취득
부산문인협회 정회원, 기장문인협회 정회원

〈수상〉
대한창작문예대학 졸업 작품 경연대회 동상(2020)
대한문인협회 주최 〈짧은 시 짓기〉 전국공모전 동상 (3회)
대한문인협회 부산지회 주최 향토문학상 동상
10회 대한민국 독도 문예대전 입선
대한문학세계 시 부문 신인문학상(2018)

〈공저〉
〈2022 詩 자연에 걸리다〉 특별초대 시인 시화 박람회 참여
대한창작문예대학 10기 졸업 작품집 〈가자 詩 가꾸러〉(2020)
가슴 울리는 문학 2019
푸른문학 2019 겨울호
동양문학 2021 창간호

〈시작노트〉
시란 "소외된 글쓴이와 소외된 독자가 아주 짧은 시간에 문학적 만남을 갖는 일이며
서로를 위로하는 서정을 찾아가는 관계다"라고 말한 한 시인의 말이 시그널처럼 와닿았다.
나는 예전에도 그랬고 지금도 여전히 시집을 읽을 때 가장 마음의 상태가 평온해진다.
우울하던 감정선도 포말처럼 일어서던 분노도 일상에서 추스르기가 다소 힘든
어떤 슬픔까지도 시구에 몰입하다 보면 여과지에 걸러낸 듯 순해지며,
늘, 책 속에서 위안과 위로를 받는다.
세상은 혼자인 듯 하나 누군가와 함께 있으므로
아직 여물지 못한 글이지만 모든 사람에게 위로가 되었으면 하는 바람이다.

첫사랑 / 김유진

저만치 길모퉁이를 돌아서
그 사람이 나를 향해 걸어올 때
별이 어지럽게 허공을 날아다녔다

가까워질수록
열이 난 사과처럼
발갛게 물이 든 볼

그가 내 앞에 와 섰을 때
부지중 몽환의 끝에서
종소리가 들려 왔다

소설 속에 쓰인 한 줄
시집에서 읽었던 흔한 시어들이
허구가 아님을 그제야 알았다

칠암리 / 김유진

동해남부선 31번 국도
해안도로를 따라가다 보면
우직한 등대가 풍경처럼 서 있는
작은 어촌이 나온다

팽이갈매기가 먼바다 그물을 던지고
노을이 항구에 만선의 닻을 내리는 포구
어릴 적 내 동무가 시집을 가
어부의 아낙으로 살고 있다

해풍에 까맣게 그을린 피부는
켜켜이 묻어 난 질곡의 삶
거뭇한 기미를 얹은 민낯으로
해안선 하얀 이를 드러내며 반긴다

밀물과 썰물이 만든 조약돌처럼
표절할 수 없는 바다를 닮은 넉넉한 마음
손끝의 정이 윤슬같이 반짝이는 아낙

달그락달그락 마주한 밥상 위에
붉은 멍게 얘기꽃을 피우던 동무야
오늘도 바다에서 해를 건져 올리며
지느러미 걸음으로 살아가고 있겠지

찔레꽃 / 김유진

너를 만난 오늘
내 안에 새로운 창 하나 열리고
오래전 흔들어놓고 떠나버린
가시에서
새로이 태어나고 있다

외롭다고, 혼자라고
꽃잎을 떠나보낸 노목처럼 슬퍼 마라
나도 너만큼 고독한 사람
결핍에서 오는 허기는
그것 아니면 채워지지 않으리

마음 한쪽 뚝 떼어
흰 꽃송이 피워 놓고
사그락사그락 잎사귀 부대끼며
나무 커 가는 소리 듣는 너는
얼마나 행복하냐

너도 나를 만난 오늘
새로운 창 하나 열리기를

사월의 봄 / 김유진

긴 겨울의 문을 지나
봄의 화관을 씌고
개나리 걸음으로 오는 당신

여린 몽오리를 밀어 올리는
꽃대의 경이 그 너머로
"딸깍" 불꽃이 켜진다

지난했던 삶에 대한 보상일까
살아갈 날들에 대하여
시냇물이 황량했던 생각의 땅을 적시고
소리 내 흐른다

사월의 봄은
눈부신 몸짓으로 쏟아져 내린다

숨을 참은 꽃잎이
바람 앞에 주춤거리고
지구 반대편에서 외치는 소리
시름으로 다가오는데
톡 톡 터지는 설렘의 봇물은
어찌하나요

폭탄이 떨어지는 전쟁터에도
봄은 꽃을 피워 향기를 모으고
아픈 상흔을 만지고 있을까

나는 나에게 / 김유진

눈뜨면 시작되는 하루가
흘러간 강물은 뒤돌아보지 않는다고
단 한 번의 하루임을 알기까지
나는 나에게 참 관대했었나보다

무덕무덕 쌓이는 일상을 내일로 밀어 넣고
함부로 낭비해버린 시간은
바람 끝에 앉은 새가 된 채
이렇다 할 둥지 하나 남기지 못했다

이제야 문득
한 번도 바라본 적 없던 눈으로 나를 본다
기러기 걸어온 얼룩에 대하여
아름다움에 대하여

묵상의 시간이 깊어질수록
흔들면 깊이를 알 수 없는 강이 되어
어두운 속울음이 달처럼 차오른다

내게 주어진 시간은 얼마나 남았을까
하루가 닫히는 소리가
생을 자책하듯 웅크린 저녁

한 번도 나를 사랑했던 적 없던 내가
한 번도 아름다워 본 적 없던 내가
끝없이 흔들리며 꽃 한 송이 피워낼 수 있을 거라고
다시 흐르는 시간을 배웅하며 붉게 웃는다

시인 김정화

아호 진섭(眞攝)
인천 거주
네이버 문학 밴드 〈문학이 꽃핀다〉 회원
대한문학세계 시 부문 등단(2022년)
(사)창작문학예술인협의회 회원, 대한문인협회 인천지회 정회원
〈수상〉
대한문학세계 시 부문 신인문학상(2022)
대한문인협회 2022년 8월 5주 금주의 詩 선정
〈공저〉
〈2022 詩 자연에 걸리다〉 특별초대 시인 시화 박람회 참여
대한문인협회 인천지회 동인문집 〈글 향기 바람 타고〉(2022)

〈시작 노트〉
때 되면 가려고만 하는
세월 내세우고
몰래몰래 귀띔 없이

마냥 기다림에 시간
서운한 여운 남기고 갈
잠깐에 여유조차 주지 않고서

비와 바람에 적셔진 후
어느 날
말없이 그냥 그렇게
꽃은 피겠지요!
아무도 모르게

시 "꽃은 피겠지요" 중에서

이렇듯 각 시인님이 집필하신 작품이 많은 성원과
〈문학이 꽃핀다〉에서 출간하는 향기 진심으로 축하드리며 무궁한 발전 기원합니다.

금목수 / 眞攝 김정화

고즈넉한 순천만
곳곳에 바닐라 맛처럼
달콤한 향이 짙어
주춤하게 한다

잔잔한 물결
끝자락에
넌지시 걸 터
붉게 수놓는 노을과 함께

가을바람에
금목수 짙은 향
바다 냄새 밀쳐 내고
흠뻑흠뻑 적셔 놓고
시치미 뗀다.

바람은 널 닮았다! / 眞攝 김정화

아침 바람은 마치
너의 살갗처럼
촉촉이 날 맞이하고

한낮에 바람은
정열적인 널 표현하듯
세상과 맞서고

저녁 바람은
피곤함에 지쳐있는 날
살며시 감싸듯
널 닮았다

잊었다 싶으면
어김없이 기억하고 말하듯
바람은 자꾸자꾸
내 주위에서 불어 댄다.

쑥개떡 / 眞攝 김정화

부대끼며 사셨던 흔적
고스란히 말하는 손
치대고 치대시네

마음 담고 담아
빚어내시는 얼굴
환한 미소
쑥 향처럼 은은히 배여

덥석덥석 받아 넣은 입안은
어머니 마음처럼
봄 향에 취해 있네

해마다 봄은
어머니 손맛
물씬 담긴 쑥개떡으로
듬뿍듬뿍 사랑 담고 담네.

산동네 동피랑에서 / 眞攝 김정화

더듬더듬
투박한 말 오고 가듯
곤두박질칠 것 같은 계단

골목 어디선가
금방 뛰쳐나올 듯한 아이
사람 사는 이야기

긴 세월 거슬러
옛 시절에 잊었던 날 찾고
널 찾아서

물어물어 온 곳엔
낯설음도 없는 골목 지나
맨 위엔 확 트인 바다

허겁지겁 온 인생
치마폭 같은 구름과
어머니 품 같은 바다가 있다.

잠시 누운 햇살 / 眞攝 김정화

송골송골 맺힌 이슬처럼
무던히도 애태우며
적셔버린 흔적

오늘도
무색하게
날 데리고 가네

젊었던 모습에서
멀어지는 난
분주함에 갈필 못 잡으니

고된 삶이 애처로운지
잠시 누운 햇살
천연덕스럽게 비 내리고

비에 흠뻑 적셔져
쉬엄쉬엄 가라 하네

가버린 세월
아쉬워하지 말라며

인생 다 그렇다며
밝은 미래를 위해
휴식을 취하라 하네

시인 박만석

경기 시흥 거주
네이버 문학 밴드 〈문학이 꽃핀다〉 회원
대한문학세계 시 부문 등단(2019년)
(사)창작문학예술인협의회 회원
대한문인협회 경기지회 정회원
대한창작문예대학 10기 졸업
문예창작지도사 자격 취득

〈수상〉
대한문학세계 시 부문 신인문학상(2019)

〈공저〉
〈2022 詩 자연에 걸리다〉 특별초대 시인 시화 박람회 참여
대한창작문예대학 10기 졸업 작품집 〈가자 詩 가꾸러〉(2020)
동인문집 풍경문학

〈시작노트〉
붉게 물들어가는
서녘 노을을 보며
허전한 마음을
한 편의 시에 담아본다
암반층에 수놓은 주름살처럼
겹겹이 영혼을 담아
소중한 추억의 페이지를
한올 한올 엮어가고 싶다

서리꽃 당신 / 박만석

달빛이 스미는 밤이면
감실거리는 그리움
서성이는 당신 모습이
가슴에 파고듭니다

희미한 호롱불 아래
허기진 냉기가 감돌고
근심 걱정 이고 앉아
헤어진 가난을 꿰매시던 모습

지나는 겨울바람을
문풍지 사이로 들으며
북받치던 설움을
눈물로 삼키셨지요

당신의 사랑스러운 눈빛
따뜻한 손길마다
어리석은 여린 마음에도
사랑의 꽃이 피었습니다

수많은 별이 수놓은 밤
그리움이 비치는 별 하나
모든 꽃이 잠든 사이
마음속에 항상 피고 지는
서리꽃 당신입니다

밤바다 / 박만석

하얗게 밀려오는 물결
응어리진 속마음이
물보라에 부서진다

속삭이는 별들과
감미로운 음악 소리
향기로운 커피 향을 마시며
파도에 몸을 싣는다

드넓은 수평선 위에
낯선 모습의 그림자
꺾이지 않았던 가슴
몸부림치며 살아온 날들

깊이를 알 수 없는 바닷속에
흔들렸던 마음을 사로잡으며
그윽한 등대 불빛 따라
삶의 능선을 걸어가야겠다

봄의 길목에서 / 박만석

아지랑이 피어오르듯
새싹들이 살포시 오른다

향긋한 봄 내음을 찾아
버려진 삶을 뒤척이며
절실하게 마음의
꽃대를 세워야 한다

물오른 버드나무 사이로
쏟아지는 햇살처럼
처진 어깨를 세우고
꽃봉오리를 맺어

시샘하는 꽃샘추위에도
아랑곳하지 않고 피는 꽃처럼
마디마디 힘을 모아
꿋꿋하게 일어서야 한다

마른 나뭇가지 끝에
새순이 피어나는
그날을 기억해야 한다.

북적거리던 길 / 박만석

관광객은 어디로 갔는지
인파로 가득해야 하는 그 길에
휑한 바람만 가득하다

스치는 인연의 끈들이
흐트러져 흩날리고
초조한 마음으로 기다리는
상인들의 웃음이 서글프다

눈꺼풀에 닫혀 버린 세상
꿈꿔온 지난 일들이
물거품처럼 사라지고
졸라맨 허리띠에
선명한 자국만 남았다

허공을 가르는
먹구름 낀 하늘에
무심한 전단만 나부끼고
긴 한숨이 메아리친다

몇 년의 해가 지났을까
희망을 꿈꾸어 온 날들
지난 기억의 실타래가 풀리듯
인사동에 웃음꽃이 활짝 피길~~

잠 못 드는 밤 / 박만석

헤어진 삶을 꿰매려
미련하게 밤을 지새운다

별을 세며 지난 시간
흐트러진 마음 한복판에
사진첩을 펼치듯
두서없이 과거를 나열한다

토막토막 조각난 사연들
풋사랑의 아련한 추억
나약해진 마음 채찍질도 하고
알록달록 물든 사연들이
주마등처럼 머리를 스친다

가뭄 끝에 내리는 단비처럼
비 오듯 쏟아지는 비지땀
흐릿해져 가는 삶을 뒤척이며
새로움을 찾는 밤이다

밝아오는 여명이 창밖을 서성인다.

시인 박정미

아호 시랑
네이버 문학 밴드 〈문학이 꽃핀다〉 공동리더
대한문학세계 시 부문 등단(2019년)
(사)창작문학예술인협의회 회원
대한문인협회 정회원
경기도 교육청 소속 교육교직원

〈수상〉
대한문학세계 시 부문 신인문학상(2019)

〈시작 노트〉
멈춰버린 시간처럼
아무런 움직임
느낄 수
없을 것 같지만

사실 그곳은
너로 인해
세상이 되고
한 폭의 그림이 되었다

인고의 삶은
어디서든
세상의 꽃이 된다는 것

너의 이름은 풀이다

시 〈벽화 속 담벼락 이야기〉 중에서

가을 편지 / 시랑 박정미

샛노란 은행잎
붉은 단풍잎에
그리움을
써 내려가는 가을

말갛게
쏟아지는 햇살에

문득
가을 한 줌 넣어
너에게
편지를 쓰고 싶다

유난히도
스산한 바람에
나무도 햇살로
옷을 지어 입는 가을

한 잎 두 잎
잎 지는 가을엔
나 너에게
따뜻한 사랑이고 싶다

별 / 시랑 박정미

별이
예쁜 이 밤

저 별
가을 잎 지듯
떨어지면 좋겠다

밤이면
별 보며
널 그리던
내 맘

네 방 등처럼
걸어 두고 싶다

네가 나에게
쏟아질 수 있게

아버지 / 시랑 박정미

비 오는 날이면 종일
쓸쓸히 내리는 빗소리에
아버지 당신이 그립습니다

텅 빈 집 뜰에
당신이 심어 놓은 나무는
어머니 눈물이 거름 되어
무성하게 자랐습니다

주인 잃은 신발이
짝 잃은 어머니처럼
아버지 온기 찾아
뜰 앞을 서성일 때

차갑고 슬픈 가을비가
어머니 뜰 안으로
울컥울컥 차오릅니다

낙엽 / 시랑 박정미

올해도
세상이란 나무에 매달려
꽃으로 열매로

그리고 기꺼이
추운 겨울 견뎌 내며
단단히 뿌리내릴
양분이 되었구나

돌고 도는 세상에서
어느 봄
바람에 물들어
첫사랑을 다시 만나듯
꽃으로 오겠지

바람도 시리고
달빛마저 시린
긴 겨울이 지나면
그리웠던 만큼
쏟아져 내리겠지

기다림이란
잠시의 이별을 위한
행복한 위안이구나

가을 속에서 / 시랑 박정미

맑은 하늘이
잔잔한 호수에 잠겨
꿈꾸는 날

추수를 끝낸
들길 따라
바스락 이는
가을을 걷는다

바람 한 올
햇살 한 조각
들꽃 한 송이

지나간 사랑을
기억하듯
하늘은
가을에 물들어
붉게 타오르고

시처럼
삶처럼
그려가는 이 계절
아린 아름다움이
참 좋다

시인 박치준

네이버 문학 밴드 〈문학이 꽃핀다〉 리더
경희사이버대학교 상담심리학과, 미디어문예창작학과 졸업
대한문학세계 시 부문 등단(2019년)
(사)창작문학예술인협의회 회원, 대한문인협회 인천지회 홍보국장
경희사이버대학교 KHCU학생기자 역임, KHCU 우수 학생기자상 수상(부총장)
경희사이버대학교 총장 감사패, 독서논술지도사 자격 취득
〈수상〉
대한문인협회 전국 시인대회 〈순우리말 글짓기〉 전국공모전 은상(2022)
대한문인협회 〈짧은 시 짓기〉 전국공모전 은상(2022), 〈신춘문학상〉 전국공모전 장려상(2022)
대한문학세계 2022년 8월 2주 금주의 詩 선정
문학시선작가회 〈윤동주탄생 106주년기념〉 윤동주 문학상 작품상 수상(2022)
카톨릭방송.신문 〈신앙체험수기〉 전국공모전 우수상 수상(2022)
인천서구문화재단 〈검경 사계의 시〉 공모전 3등 수상(2021)
마운틴TV 〈시공간 시즌2〉 명예작(BEST OF BEST) 수상(2021)
마운틴TV 〈시공간 시즌2〉 전국공모 시 선정 및 방영, BEST 12작품 선정(2021)
대한문학세계 시 부문 신인문학상 수상(2019)
〈공저〉
〈2022 詩 자연에 걸리다〉 특별초대 시인 시화 박람회 참여
대한문인협회 인천지회 동인문집 〈글 향기 바람 타고〉(2022)
경희사이버문학(2019, 2021)

〈시작 노트〉
2018년 어느 날 사랑하는 아내가 별이 되었다.
그 후로 숨을 쉴 수 없었다.

숨을 쉬고자 아내와 소통하고자 시작한 시는
슬픔이 바닥이 드러나고
계절에 계절을 더해가며 기쁨도 즐거움도 주었고 다시
눈물도 틀어 주었다 그렇게 그렇게
하루하루 선물과 축복 같은 날도 생겼다.

이제 다가오는 날에는
웃고 기쁘고 즐거운 일이 매일매일 생겨나면 좋겠다.

슬픔이 바닥이 나면 / 박치준

슬픔이 바닥이 나면
그대의 이름조차 부를 수가 없다
몸을 바로 서 있을
기운이 남아 있지 않다

일 년이 지나고 또
1년이 지나고
또 일 년이 지나는 동안
강물이 바다로 흘러가도
강을 따라
바다에 발을 따라
살이 떨리고 손이 멈추고
무릎이 바닥에 닿아
바닥이 보이도록 울고 있는 사람

오랫동안 강과 바다는
깊은 잠을 자고 있었다
슬픔을 모아서
깊숙이 흘려보낼 때까지
어쩔 수 없었다
눈에도 눈물은 바닥이 나고
온몸은 슬픔이 살아나서
강과 바다에 잠겨 있던 눈물

슬픔이 서서히 바닥이 나면
그 손을 잡아 당겨 줄까.

가을 어느 날 / 박치준

바람에 날아온 꽃향기에
두 눈멀어
물속에 젖어버린 눈동자

무슨 일일까
가까이 가까이
아주 가까이

출렁이는 심장 소리 들리고
밀려 밀려 바닷가 파도처럼
넘고 넘쳐 달려오면

흐르고 흐르고
쏟아져 내리는 마음은
언제나 멈출까

가을 어느 날
꽃향기 숨에서 시작되었나
일어나고 피어나고 다시
더 가까이 가까이

언제라도 꽃향기는
바람에 일부가 되어 버리고

계절을 쓸어내고
다시 깊어지겠지요

밀려 넘쳐오는 파도처럼
가랑잎이 물드는
가을 어느 날처럼.

(기제사)쌀밥을 차리며 / 박치준

압력밥솥에 쌀을 넣고
물은 눈물과 함께 채웠어

밥솥에 있는 쌀이 쳐다보면
손을 넣어 얼굴을 가렸지

그냥 대충 살려고 하다
대강 사는 것도 힘들어

잘 살려고 하고 있어
사는 것이 힘들어도

어쩔 수 없잖아
이렇게 살아가는 것도
처음 해보는데

잘하고 있다고?
안아 주고 키스해줄 거지.

감사의 하루 / 박치준

하늘빛이 숲을 뚫고 내리면
묻혀 있던 생명이 보듬어 솟아나고
얼어버렸던 심장이 요동친다

하루 시작을 감사하며
망설임과 설렘에 당신 모습 챙기며
바람과 소리와 향기에 당신과
샤워를 한다

나는 지금 당신이 살고 있는 그곳을
천리만리 영겁을 달려가
내 타오르는 태양을 꺼내어
그대에게 전하니

당신은 오늘도 나에게 감사하다며
나를 품에 꼭 안아준다.

이제야 알게 되어 / 박치준

오늘 이른 오후
걷는 길은 길이 아니다
놀라운 일이 다가왔다
늦은 11월 생생한 은행잎들이
하나둘 눈이 되어 내리고 있었다

노랗게 펼쳐진 양탄자 같은 거리
누가 밟으면 어떡하지,

두려움 하나,
어쩌지 둘,
뿌려놓은 아름다운 환희 속에
슬픈 퍼즐 조각으로 살아났다

한 때를 누군가를 위해 살다가
남는 것 하나 없이
이렇게, 거리에
쉴 틈 없이 떨리는 온몸으로

또,
선물을 남기고 있는
간절한 시간이
누군가의 하루하루에 축복을 주고 있음을
이제야 알게 되어
사랑할 수 있지 않을까.

시인 신향숙

경기도 안산 거주
네이버 문학 밴드 〈문학이 꽃핀다〉 회원
대한문학세계 시 부문 등단(2022년)
(사)창작문학예술인협의회 회원
대한문인협회 경기지회 정회원

〈수상〉
대한문학세계 시 부문 신인문학상(2022)
대한문인협회 경기지회 향토문학상 경연대회 동상(2022)

〈시작 노트〉
넓은 바다의 위로받으며
하얀 마음으로 되돌아가는
착하고 예쁜 나의 돌이여

너의 마음에 달과 별을
아낌없이 달아주고 이제
아름다운 가리비의 노래를
함께 듣고 싶다

비 오는 날 / 신향숙

먼 옛날의 추억을 따라
내리는 빗줄기는
아련한 기억을 쫓아
마음을 달린다.

어느 섬에서
나와 같은 생각을
조금이라도 해줄
사랑 하나
서러운 마음으로
그리어 본다.

왜 이리 오늘 비는
가슴 위에 내리나
덧없이 세월
다 흘려보내고
옥수수 한알 한알 사라지는데

빗줄기 따라 돌아올
발그림자 그리어 본다.

향수 / 신향숙

빗줄기 타고서
고향의 클로버
향기 전하여 온다.

먼
옛날 둥지 나온 소쩍새
눈망울 글썽글썽
엄마 품을
몹시도 그리워했었지.

검은 공중의 악마
영역을 정리하면
표적에 들어온 나비는
생사의 갈림길에서
바둥바둥

이렇게 천상 수가
솟아 넘치는 날에는
고운 무지개구름
뒤에 숨어 숨바꼭질하겠지.

작은 손들이 모여 살던
내 고향 바닷가 안 섬에도

긴 장마 폭풍우 이겨낸
약속의 무지개
웃고 있을 테니까.

바닷가에서 / 신향숙

작은 하얀 모래알 같았던
나의 꿈이여
가슴에 박혀 있는 큰못은
소라랑. 고동이랑 다 나눠주고

넓은 바다의 위로받으며
하얀 마음으로 되돌아가는
착하고 예쁜 나의 돌이여

너의 마음에 달과 별을
아낌없이 달아주고 이제
아름다운 가리비의 노래를
함께 듣고 싶다

어둡고 무서웠던 정거장은
달빛 고운 물결 위에
가만히 올려놓고 아침이슬
초로로 머금은 햇살 아래

갈매기 배설물은 하얀 모래
힘껏 당겨 꼭꼭 묻어놓자
큰 바위로 우뚝 솟은 고마운
사랑하는 나의 꿈이여.

가고 싶은 곳 / 신향숙

오늘도 유리 바닷가에
서기 위해서
옷을 빨고
때도 벗기고
날마다 쉬지 않고
허물을 벗는다.

아름다운 시온은
길과 산 거울에 서 있는가
청함 받은 자들과
청함 받지 못한 자들이
어우러져 아우성치는데

아름다운
금 거문고 소리가
있는 곳은 어디며
들을 자는 누굴까.

아하! 이런 날도 있었구나 / 신향숙

긴 여정
꼬리 내린 사슴이
시냇물 가에서
비친 자신의
모습이 부끄러워서
유리 바다에
비추어 보고
산모퉁이로 숨었다.

큰 물두멍
새경에 머리칼을
이리저리 세던 여인
분꽃 터트려 한 그릇 담고
봉숭아꽃 손톱 가득
물들이던 날

빗속으로
미꾸라지 한 마리 솟아올라
마당으로 떨어졌다.

굵은 빗줄기는
아무것도 모른 채
주룩주룩.

시인 심성옥

경기 안산 거주
네이버 문학 밴드 〈문학이 꽃핀다〉 회원
대한문학세계 시 부문 등단(2019년)
(사)창작문학예술인협의회 회원
대한문인협회 정회원

〈수상〉
대한문학세계 시 부문 신인문학상(2019)
조세금융신문 〈시가 있는 아침〉 선정(2022)

〈공저〉
〈2022 詩 자연에 걸리다〉 특별초대 시인 시화 박람회 참여

〈시작 노트〉
고요한 하늘의 향기는 왜 이렇게 향기로운 내음일까
높은 하늘 따라 단풍 내음, 천공의 떠 있는 구름 한 점
바람 속에 둥둥 어디 가는 중인가
내 맘도 사람 만나는 것이 다 시가 되고
항상 자연을 보며 즐거운 삶이 항상 좋아라
자연 속에 꽃처럼 풀 속에 나도 꽃처럼 살게 되어
항상 고마운 가슴으로 살고 싶어라

고향은 대나무로 바구니 만들던 담양 이 내 고향이다
어머니 아버지로부터 기쁨으로 형제가 남 3. 여 2. 중 장녀로서
가정사가 예쁜 맘을 항상 글로
언제인지 영화의 스토리를 간직하며 살아본다

밥 바구니 / 심성옥

대나무가 바구니를 만들고 있다
예쁘고 단아한 냉장고 바구니

나무를 얇게 포를 뜨면
연들 한 대나무 속살이 나오고

손에 가시도 찔리고 넘어가지 않은
둥근 곡선을 휘돌면
드디어 나타나는 대나무 바구니

냉장고가 없던 지난 시절
맛난 밥을 대나무 바구니에 담아두고
그 속에서 호흡하며 숨 쉬던 보리밥
한 그릇에 숨을 쉬며
기다리는 행복이 주르륵.

가을 단 바람 / 심성옥

바람이 분다
여름에 긴 장마의 곡조로
습한 공기 딱지가 된 습지의
가을 단 바람이 분다

얼마나 울고
얼마나 참고
얼마나 견디었지만, 습기 한자리는
견디기가 삶의 무게만큼
고개를 들 수가 없다

습한 곳에 바람이 일렁거릴 때마다
넋을 잃고 행복해하는 습지
긴 장마의 곡조로 습기 한자리
바람이 춤을 출 때마다

습한 곳은 자리를 뜨고
행복한 자리가
가을 단 바람이었다
이 바람은 때를 맞추어
선선히 불어 가을을 추수한다.

겨울 같은 설움 아래서 / 심성옥

엄동 설 아래 작은 씨앗이 자라고 있었다
열매를 꼭 피우겠다며
겨울 흰 눈을 옷으로 차려입는다

손가락이 나무가 되고
마음은 바람에 헝겊처럼 펄럭인다

눈보라가 부는 추운 곳을 건너온 발자국엔
파릇하게 고개를 내밀어
세상과 눈 맞추며
옷을 갈아입는다

햇살은 제자리에서 문을 두드리고
죽고 사는 시간 속에
봄은 아직 오지 않는다

약동의 봄꽃
겨울 땅을 뚫고 기어 나와야 하는
그대의 두려움의 겨울은
새봄을 찾아 절망의 강물 속에
초록의 물결을 하늘에 펼치며
다시 돌아가지 않을 겨울에
손을 흔들고 행복을 붙잡아 본다.

어머니 / 심성옥

새벽 아침을 열고
밭에 나가시는 어머니
길 떠난 자식들 기다리며
기다란 고랑에 감자, 고구마 심는다

머위 꺾어 된장에 조물조물 무쳐
밥상에 따뜻한 사랑 나누어 주시고
마음속 고운 향기 넣고 토란국 끓여
다섯 남매 키우신 어머니

구름처럼 먼저 가신 아버지 그리움에
날마다 눈에 눈물로 채우시다
언어장애와 신체의 절반이 굳는
나쁜 질병을 앓고 계시는 어머니

몸부림치도록 진한 그리움
겨울 찬바람 같은 숨소리가
무서운 눈보라를 불러오고
멍하니 그때는 알지 못했습니다

가족 앞에서는 좋아하는 찰밥 드시며
해맑게 미소 지으며 웃으시던 어머니
이제는 좋아하셨던 음식들 보면
마음속 어머니 그리움에
저녁노을이 눈물바다로 변합니다.

봄이 오는 계절 / 심성옥

봄볕에 나무는 싹을 틔우고
따스한 바람은 새싹에 입 맞추려
아지랑이 바람 분다

고개 숙인 씨앗은
밝은 힘주어 세상 노크하며
일어나 봄을 그려 놓는다

자연 속에 숨은 지금부터
대 자연의 숲으로 향하여
이른 봄은 풀 내음

고향의 향기, 아버지의 향기
자연의 향기가 춤추면
봄이 오는 계절은
언제나 새롭고 부풀고
그대로 꿈을 이루고 싶어진다.

시인 염경희

아호 인향
경기 파주 출생, 이천 거주
네이버 문학 밴드 〈문학이 꽃핀다〉 회원
대한문학세계 시, 수필 부문 등단(2020년, 2022년)
(사)창작문학예술인협의회 회원, 대한문인협회 경기지회 정회원
한국문인협회 정회원, 이천시 청미문학 정회원
〈수상〉
2012~2013년 한국교육개발원 전국대회 수필 부문 장려상
2019년 정부모범공무원 표창장
대한문학세계 시, 수필 부문 신인문학상(2020, 2022)
2020년 10월 2주 금주의 詩 선정
2020년 10월, 2022년 1월 조세금융신문[時가 있는 아침] 시 선정
2021년 6월 좋은 시, 2022년 6월 이달의 시인, 시니어 매일신문 6월의 시인 선정
2022년 짧은 글짓기 전국대회 은상
2022년 순우리말 글짓기 전국대회 장려상
〈공저〉
경기지회 동인문집 제2집 〈달빛 드는 창〉, 박영애 시낭송 모음 9집 〈명시 언어로 남다〉
조선어연구회 발족 100주년 기념〈현대시와 인물 사전〉(2021)
현대시를 대표하는 〈명인명시 특선시인선〉(2022)
청미문학 제25호 동인문집, 명시 가슴에 스미다(2022)
〈2022 詩 자연에 걸리다〉 특별초대 시인 시화 박람회 참여
〈시작 노트〉
스치고 지나가듯 가 버린 시간
되돌아보니 많은 희로애락이 있었습니다.
이제 아픔도 추억으로 간직할 수 있을 만큼 성숙해졌기에
가을 햇살에 반짝이는 황금 들녘처럼 인생의 후반전은
늙어가는 것이 아니라 곱게 무르익는
언제까지라도 소녀처럼 가슴이 뛰는 글로
독자님들과 함께 공감하고 행복을 나누고 싶어
지금, 이 순간에도 자연을 벗 삼아 스케치하고 있습니다.

시월이 되면 / 인향 염경희

가을향기 코끝을 스칠 때마다
귀에 익은 웃음소리가 까르르 굴러와
무릎 베고 누워 말그레 바라본다

살기 바빠서
삶의 언저리에 그리움만 동여매고
밤하늘을 물끄러미 바라보면
수많은 추억은 쏟아지는데
정작 잡아보면 형체 없는 동그라미뿐

어쩌다 눈썹달에 달무리가 지고
성급히 떨어져 굴러다니는 낙엽을 보면
눈망울에도 방울방울 물방울만 고인다

시월이 되면 왠지 더 스산하고
외로움은 갈피 갈피마다 차곡차곡 쌓여만 가니
세상만사 훌훌 털어내고 정처 없이 떠나고 싶어진다.

빨간 우체통 / 인향 염경희

봄바람 살랑이고
꽃향기 춤을 추면
호수는 덩달아 찰람거린다

하얀 집에 빨간 고깔 씌워
햇살이 쉬어가는 창가에
곱게 걸어 놓았다

개나리 진달래 피면
두리둥실 두둥실 꽃바람 타고
보랏빛 엽서 오겠지

새벽까치가 울면 행여나 소식 왔을까
콩닥거리는 맘 달래며
열어보고 또 열어 보는 빨간 우체통.

아무도 모를 거야 / 인향 염경희

하늘을 방황하던 먹장구름이
순식간에 눈물을 쏟는다

애써 추스르고 있던 호수마저 그렁그렁
오늘만큼은 호수도 어쩔 수 없이
수문을 열어야 맑게 갤 것 같다

무작정 먹장구름 뒤를 따라나섰다
주룩주룩 내리는 비를 맞고 걸으면
아무도 모를 거야 눈물인지 빗물인지

때로는 아무에게도
눈물을 보이고 싶지 않은 날이 있는 법
그래서 빗속을 거닐고 있다

옥죄이고 답답했던 시간의
꿉꿉함을 말끔하게 씻어내고
방글거리기 위한 몸부림이란 걸 아무도 모르겠지

먹장구름 속을 털고 나면 파란 웃음 짓듯이
찰람거리던 호수도 한바탕 비우고 나면
해바라기 닮은 웃음꽃이 핀다는 걸
아마도, 아무도 모를 거야.

별을 따다 / 인향 염경희

한길 외길 인생
돌고 돌아 강산을 세 바퀴 돌았다
밤하늘 별들 바라보며
쓸어내린 가슴은 얼마던가

우물을 파도 한 우물을 파라는 말
그래야 샘이 솟는다는 속담처럼
천직이라 여기고 솥뚜껑에
정성으로 기름칠했더니 별이 쏟아진다

인내하며 지낸 날들이 별이 되었다
외길인생 종착역에서 울리는 기적소리는
묵은 체증을 뚫어주는 팡파르

묵묵히 타고 온 열차에서 내릴 즈음엔
늘 그 자리에서 빛나는 북두칠성처럼
작은 별들을 지켜주는 큰 별이 되고 싶다
이제 황혼 역 환승 시간이 가까워진다.

굴레 / 인향 염경희

칡넝쿨처럼 엉키듯 엉켜
이파리만 무성해
겉보기만 푸르렀습니다

몰라서 살아온 길
억만금을 준다고 해도
지금 가라 하시면 다시는 못 갑니다

빛 좋은 개살구처럼
속은 곪아 터져 먹잘 것 없어
입맛만 다시던 삶이었습니다

몰라서 뒤집어쓴 굴레
한번 엉켰는데 두 번은 안 엉키겠는가
금은보화로 주단을 깔아준다고 해도
싫어요, 이제는 못 갑니다

꿈에서도 벗어내지 못하고
악몽으로 지새우는 길
아파도 아파도 너무 아파서
그 길이 비단(緋端) 옷에 꽃길일지언정
두 번 다시 갈 수가 없습니다.

시인 이둘임

서울 거주
네이버 문학 밴드 〈문학이 꽃핀다〉 공동리더
경희사이버대학교 문예창작학과 재학중
대한문학세계 시 부문 등단(2019년)
한국시인협회 정회원
현대시학 정회원
대한문인협회 정회원

〈수상〉
석정 이정직 문학상
제8회 숨다리문학상
황토현 문학상
코벤트가든 문학상
대한문협 신춘문학상
대한문학세계 시 부문 신인문학상 수상(2019)

〈저서〉
시집 "광화문 아리아" 외 동인지 다수 공저

〈시작 노트〉
언어로 집을 짓고 있습니다.
오랜 시간 몸에 배 있는 습관화된 언어와 싸우며
한 걸음씩 나아가려 합니다.
나를 돌보는 나를 위로하는 독자들과 함께
감동할 수 있는 집을 짓고 싶습니다

소통의 창 / 이둘임

계절이 익어가는지
초록이 좀 더 선명해진 아침
블라인드를 열고 바깥세상을 불러들인다

아파트 건너 창으로 오밀조밀한 빌딩
층층이 커튼이 닫힌 창문은 소통할까
샤를 보들레르*는 열린 창은
닫힌 창보다 많은 것을 보지 못한다 했는데

늦은 언어 소통으로
한때 마음의 창을
꼭꼭 잠그고 있던 유년의 아들
깊은 우물 속같이 팔수록 더 알 수 없던 마음

몇 차례 바람이 창문을 두드릴 때마다
가슴을 조이고 쓸어내리며
직장인 엄마의 밤은 늘 암실 커튼 속에 숨어
마음을 까맣게 태웠다

내가 투명해져 갈수록
아들의 벽은 허물어져
성숙해지며 소통의 창은 서서히 열렸지만
점점 흐릿해져 가는 나의 시야
애꿎은 안경 렌즈를 닦고 또 닦는다

*프랑스 비평가, 시인

95

듣는다는 말 / 이둘임

침묵의 길에는 내가 있을까

고요히 땅으로 내려앉는 나뭇잎을 본다

맥 풀린 햇살에 청춘을 잃어버린 나뭇잎
지나간 푸름을 허공에서 그리다가
높은 자리에서 낮은 자리로 내려앉는다

쌓여있는 낙엽을 밟으며
바스락거리는 몸부림치는 소리를 듣는다

거울을 봐도 볼 수 없는 나
침묵과 마주하며 내 속으로 빠져든다
쌓여있던 말 하지 않은 말 못한 것이
여백 속에 살아 꿈틀거린다

나 자신을 읽는다
나 자신의 외침을 듣는다
침묵이 유목한다

선택지 / 이둘임

젊음은 무시무시했다
백지에 그려진 사다리를 타고
끝을 향해 올라갔다

광적인 믿음의 자신감이
분수처럼 쏟아지는 무모함
이것 혹은 저것
더 좋아하는 것을 가지는 것은 자유였다

젊음의 놀이터는 유혹으로 가득했다
비혼과 독신과 결혼 사이를 오가며
밤새 고민하던 갈림길

위치 변경이 가능했던 젊은 날
셀 수 없는 무한대의 시간 앞에
이단아가 되지 않으려고
헤라클레스의 매듭에 나를 묶었다

이쪽에서 저쪽을 바라보며
허물어져 간 꿈이 사라진
낯선 시간의 나를 되돌아본다

우기를 맞이하다 / 이둘임

새벽부터 후드득후드득 비가 내린다

발목도 없이 다가오는 비
아득한 추억이 인도를 달린다

우산을 챙기지 못해
책가방을 머리에 이고
앞만 보고 첨벙거리며 뛰는 여학생

비에 흠뻑 젖은 나뭇잎이
울창해지듯 가슴에 부풀던 푸른 꿈
비 온 뒤 우주를 연결하는
햇살 가닥은 언제나 눈부셨다

빗물에 흘러내릴 추억 하나
젖은 길목에서 우기의 계절이 뒤척인다

산수유꽃 / 이둘임

겨우내 허기진 봄
노란 불 밝혀 가슴을 열고
향기를 수유하니 벌들이 찾아든다

쑥쑥 자란 봄은 눈부실까

약한 막내를 늦게까지
수유하신 어머니
불어있던 젖이
어느새 비워지고 쭈그려져도
남은 한방울까지 내어주셨다

노란 별들이 하늘 가득
꽃 대궐을 이룬 날
봄볕에 자라나 우뚝 서 있는데

정작 어머니 봄날은 저만치 물러나 있었다

시인 이의자

아호 재린
경남 남해 출생, 부산 거주
네이버 문학 밴드 〈문학이 꽃핀다〉 회원
대한문학세계 시 부문 등단(2018년)
(사)창작문학예술인협의회 회원
대한문인협회 부산지회 정회원
대한창작문예대학 9기 졸업(2019)

〈수상〉
대한문인협회 부산지회 향토문학상 동상
대한창작문예대학 졸업 작품 경연대회 금상(2019)
대한문학세계 시 부문 신인문학상(2018)

〈공저〉
대한창작문예대학 9기 졸업 작품집 〈가자 詩 심으러〉(2019)
조선어연구회 발족 100주년 기념 〈현대시와 인물 사전〉(2021)

〈시작 노트〉
중년의 어느 길목에서
소망이던 꿈길
한 송이 꽃이 되길 위해
한 자 한 자 마음속에 담아 두었던 시어들을 갈구하며
밖으로 선을 보일 때 그 감동은 정말 행복했답니다
마음을 열어 글이 되고 시가 된다는 기쁨
오늘도 머릿속엔 시어 밭을 가꾸어 가고 있습니다
삶의 진자리
행복과 시 향으로 채우며 살아가렵니다

님의 그리움 / 재린 이의자

그리움이 바람 되어 날갯짓하니
봄은 어느새 창밖 문틈에 와
부드러운 목소리로 노래하네요

차가운 바람도 유연함으로
새 생명을 잉태하듯 옹기종기
햇살을 벗으로 삼아 꽃망울로 터트리니
그리움이라 말하네요

낮이면 따사로운 햇살로
밤이면 차가운 공기로 순응하고
인내와 기다림의 고뇌

고통 끝에 맺힌 삶의 귀로
한 송이 꽃을 피우기 위해
동토에 비친 따스함
봄은 그렇게 사뿐히 곁으로 오네요

내리사랑 / 재린 이의자

눈물로 닦아온 삶의 길목에
안다미로 과한 당신.

성난 파도가 밀려와도
웃으며 안아주는
갯바위의 너그러움처럼

한없는 또바기 사랑
그 어디에 비하리오

마중물 같은 숫눈길 따라
뼈가 닳고 살이 찢기는 고통에서도
자신을 불태우며 희생하신 당신

그 은혜 다하지 못했는데
시나브로 갚고자 하건만
이제는 바람꽃 같은 신세

난바다 위 윤슬처럼
소아 한 모습으로 늘 곁에 있어 주세요

안다미로 : 담은 것이 그릇에 넘치도록 많이.
또바기 : 언제나 한결같이.
마중물 : 펌프에서 물이 안 나올 때 물을 이끌어 내기 위하여 위로부터 붓는 물.
숫눈길 : 새벽에 아무도 밟지 않은 눈길.
시나브로 : 모르는 사이에 조금씩 조금씩.
바람꽃 : 큰바람이 일 때 먼 산에 구름같이 끼는 뽀얀 기운
난바다 : 육지에서 멀리 떨어진 넓은 바다.
윤슬 : 빛에 비치어 반짝이는 물결.

칠월 어느 날 / 재린 이의자

뜨거운 햇살 아래
잠시의 여유 시간
더위에 달구어진 홍당무처럼
치솟는 땀방울 매서워라

한바탕 휩쓸고 간 빈자리
손님들 발자국의 울림
아직도 혼미한 정신 애써 웃어 보인다

뜨거운 햇살도 그늘막 아래
읊조리는 등 위로 지나는 바람
뜨거운 열기 날려 보내니
우라차차 냉온이 따로 없네

삶의 진자리
윤슬처럼 빛나고 숭고하니
아름다운 마음의 뜨락
행복 꽃으로 꽃피우리라.

봄은 향기로워라 / 재린 이의자

메마른 가지 위엔 초록이 물들고
대지엔 노랑 분홍으로 수놓으니
아름드리 꽃향기 남풍 따라 흩날립니다

개울가 흐르는 물줄기
꽁꽁 얼어붙었던 동맥을 뚫고
비상하듯 한 마리 새가 되어

푸른 하늘로 나래짓 하니
산들바람 속으로
한 점 조각구름도 두둥실 춤을 춥니다

길섶 진자리엔
민들레 한 송이 씨방을 안고
봄 향기 가득 채워 찐한 숨결로 다가옵니다.

이팝나무 / 재린 이의자

하늘거리는 백옥 같은 꽃술이여

송송이 솟은 너의 모습

아리도록 곱고 깨물고 싶은 너의 자태

바람 따라 흘러가는
이 마음
어찌 잡으리.

네 곁에 머물고파
한 점 바람이고 싶어라

순백의 물결로
그리움을 쌓게 하고

너의 빈자리
흩어진 향기 청록으로
가득 채워주리라.

시인 이호원

학원 원장
네이버 문학 밴드 〈문학이 꽃핀다〉 회원
대한문학세계 시 부문 등단(2022년)
(사)창작문학예술인협의회 회원
대한문인협회 경기지회 정회원

〈수상〉
대한문학세계 시 부문 신인문학상(2022)

〈저서〉
영작의 기술, 해석의 기술, G-bible

〈시작 노트〉
인간은 누구나 외롭게 살아갑니다.
시를 통해 마음을 나누고 서로 어루만지는 삶을 살아가고 싶습니다.
살아가며 만나는 모든 것들이 소중한 시제가 됩니다.
마음의 문을 열고 그것들을 받아들이겠습니다.

너를 안아줄게 / 이호원

온기도 햇살 한 줌도 없는 방에서
밝고 맑은 미래를 꿈꾸며
끝없이 자신을 가꾸어 가던
열네 살의 나에게

물도 먹을 것도 없는 그 공간에서
쉼 없이 스스로를 다그쳤던
그때의 나에게

한없이 넓은 지금의 내 품으로
그 소년을 따뜻하게 안아주고 싶다.

돌 틈에서 솟아난 싹 / 이호원

모든 것이 어둠에 덮이고, 단단한 콘크리트로 둘러싸여도, 우리는 희망을 잃지 않았고, 우리가 해야 할 것을 묵묵히 해나갔다.

보잘것없이 작은 움직임, 혹은 그저 흘러가는 작은 풍경일지라도, 작은 틈을 내어 생명의 끈을 이어 나가면, 그렇게 만들어진 주목을 받지 못했던 시작이 결국엔 큰 변화를 만들 것이다.

절대로 이길 수 없을 것 같았던, 우리가 넘을 수 없을 존재로 여겼던 것들을 하나씩 넘어서면서 우리는 그렇게 인생의 작은 성공을 만들고 있다.

소나기 / 이호원

땅을 적시는 소리에
들뜬 마음으로 땅 밑에서 나와서 이동하던 지렁이는

목적지에 가지 못하고
그 자리에서 말라버렸다

계속 올 것같이 경쾌한 소리를 내던 빗줄기는 멈추고
뜨거운 태양이 고개를 내밀었다

사방의 초록은 웃고 있는데
지렁이만 홀로
주목받지 못한 채 잊혀져 간다

소풍 / 이호원

먹고 살기 힘들었던
하루 벌이 그날도

아들의 소풍을 위해
파란색 노란색 천을 감고

얼굴엔 찹쌀떡 가루를 묻히며
나와 함께 달리던 우리 엄마

잊지 않고 나는 그날을 기억하네
아직도 나는 그날을 추억하네

콜라와 콜라 캔 / 이호원

마트에서 방금 따온 싱싱한 콜라를
베란다 한쪽에 내려놓다가

무심코 바라본 다른 한 편에
그 생을 다한 콜라 캔들이 구멍이 숭숭 난 바구니 안에
서 찌그러져 있다

우리도 처음에는 누군가에겐 설렘이고 쓰일 준비를 하
고 있었을 텐데
그 후엔 우리도 콜라 캔처럼 구겨지고 사라져야 할 터

최소한 우리는 신성한 의식을 통해 왔던 곳으로 돌아
가지만
이들은 이렇게 생과 사를 한 곳에서 마주한다

이들에게도 예를 갖추고 존엄 있는 죽음을 선사할 수
있기를
그 죽임이 헛되지 않기를

시인 전효진

경기 시흥 거주
네이버 문학 밴드 〈문학이 꽃핀다〉 회원
대한문학세계 시 부문 등단(2022년)
(사)창작문학예술인협의회 회원
대한문인협회 경기지회 정회원

〈수상〉
대한문학세계 시 부문 신인문학상(2022)
대한문인협회 경기지회 향토문학상 경연대회 동상(2022)

〈시작 노트〉
바람이 지나고 나면 우수수
떨어지는 낙엽 따라
밟혀서 짓누르는 모습 보며
우리네 인생도 늙어지면
흙으로 가는 것을
〈소녀〉 중에서

어릴 적에는 사랑을 많이 받으며 자랐습니다
지금은 옆에 안 계시기에
든든한 아버지 사랑
더욱더 생각납니다

꽃 / 전효진

마음을 훔치는 건 죄입니다
잔잔한 호숫가에 설렘이 있는 건
기쁨이 커지고 있다는 것입니다

가을에 어울리는 아름다운 꽃이
선물처럼 내게로 와준 그대가
참으로 고맙습니다

친구처럼 연인처럼
마음을 훔쳐 간 네가
오래도록 내 곁에 머물러
주었으면 합니다

영원이란 없으므로
기억에 묻어두고
가슴에 새기며
생각날 때마다
꺼내어 추억을 즐기겠습니다

행복한 오늘을 그리며
웃어 봅니다

아버지 / 전효진

막내로 태어나 보니
우리 아버지 연세가 많으셨습니다

초등학교 운동회 하던 날
도시락 싸서 학교에 오시면
할아버지인 우리 아버지
친구들한테 창피하다며
밥도 같이 안 먹고 도망 다녔습니다

아버지는 점심 먹이려고
찾으려고 다니셨으며
끝내는 안 먹고 그냥 가셨던
기억이 있습니다

세월이 지나 부모가 되어 보니
마음이 아픕니다
그때 아버지 마음은 얼마나 아팠을까요

다시 기회가 왔으면 하는데
되돌릴 수 없는 시간이 가슴 아픕니다
많이 보고 싶고 생각납니다
그리운 아버지

소녀 / 전효진

어느 소녀는 가을을 아주 그리워합니다
해마다 오는 계절이지만
피해 갈 수 없기에
부딪쳐 즐겨 보기로 했답니다

바람이 지나고 나면 우수수
떨어지는 낙엽 따라
밟혀서 짓누르는 모습 보며
우리네 인생도 늙어지면
흙으로 가는 것을

소녀는 멀리 있는
가을에 말없이 떠난 그분을
생각하면 떨어진 낙엽 위에 눈물을
적시며 아픈 기억을 맞이해야 합니다

기다리지 않는데
비껴가고 싶은데

밝게 환하게
웃은 지며 그대와 나
각자의 자리에서 행복을
느끼며 가을을 맞이했으면 합니다

막걸리 한잔 / 전효진

기분 좋을 때 막걸리 한잔해본다
이리 오셔서 같이 한잔
힘겨운 시간 함께 한 모금 머금는다

사랑할 수 있음이
찐하게 사랑하고
아낌없이 간절히 사랑하는 것

모든 것이 허무할 때
사랑만이 고개를 들고
남아 있다는 것을 알겠지요

잠시 생각해 보니
누군가와 사랑을 나눌 때
가장 행복한 순간이었다는 것

비 온 뒤 개운하고
한 톨에 먼지도 없듯이
깨끗한 나라에서
사랑 담긴 잔 부딪치며
행복의 열차에 실어보아요

막걸리 한잔
행복을 담은 인생
마음속 깊이 적셔봅시다.

그리움 / 전효진

보고파서
그리워서
나무에 기대어
세워진 주인 없는
자전거에 눈길이 쏠립니다

페달을 밟아 갈 수 있으면 좋으련만
헉헉거리며 달리다 도착하면
두 팔 벌려 뛰어가 안겨도 될 터인데

반겨주는 이도
안아주는 이도
나에게는 없나 봅니다

가을이 안겨주는 쓸쓸함을
가슴으로 느끼며
그리운 내 어머니의 손길을 찾아
긴 기다림으로 발길을 옮겨 봅니다

당신의 포근한 사랑을 기다리며
따뜻한 숨결을 느끼며
오늘도 그리움에 젖어
헤매고 있습니다

시인 정향일

아호 소월
경기도 남양주시 거주
네이버 문학 밴드 〈문학이 꽃핀다〉 회원
1996. (주)진보식품 대표
2010. (주)고려관 대표
2022. (현)프리랜서

〈저서〉
문집 〈길〉 발간(1990)

〈시작 노트〉
내가 글쓰기를 시작한 것은 중·고등학교 시절
문예부 활동의 하나인 교지 편집을 하면서부터였다
선·후배 국어 선생님의 도움으로 문예 창작도 할 수 있었고
문학의 밤 그리고 교내 시화전을 통해 자아 형성기를 보낼 수 있었지만
시에 흠뻑 취하게 된 결정적 이유는 친구가 보내 준 한 권의 시집이었다
그것은 다름 아닌
김소월의 시집
한때는 소월의 시
개여울의 노래·산유화·소쩍새·가는 길. 초혼 등 전문을 읊조릴 정도로
그의 시 세계에 빠져 있었던 적도 있었다
지금도 변함없이 소월의 시를 사랑하고 흠모하고 있음에
뒤에 소개되는 다섯 편의 자작시는
감히 그의 시향이 묻어 꽃 피기를 바라는 작가의 조그만 소망입니다

여행 / 小月 정향일

태어나 숨을 쉬고 있다는 것
생명이 다를 리 없는 들꽃과 같아서
인연 없이 떠나는 우리네 인생

길고 긴 여행의 기로에서
우리가 우리를 만난 것은
필연보다는
처음이라는 착각이었습니다

우리라는 인생에 뿌리를 담아
달리 살아가는 것은
만남이라는 두 글자를 위한 용서였고

우리를 위한
나 하나의 사랑은
숙명으로 떠나는 여행이었습니다

인연을 부정하고
운명을 두둔하지 않아도
우리는 또 다른 여행을 떠나야 합니다

두 생명이 하나 되는
축복과
하나가 둘로 나뉘어 지는
아픔 속에
우리는 처음부터
고단한 여행이었습니다

엄마 / 小月 정향일

엄마아
들리나요

엄마아
듣고 있나요

무슨 말을 할까요
엄마가 좋아요

엄마아
보이나요

엄마아
보고 있나요

어떤 말을 할까요
엄마가 좋아요

엄마아
엄마도 내가 좋아

비비각시 / 小月 정향일

산중에 떠도는
님의 음성
세월 타고 흐르는데

떠 가는 길
님의 모습
끝이 없네

생사 불귀
사랑 타령 들려주니
서방님 오셨는데

짝 잃은 저어새
나래 들어
예서 눕자 하고

님의 진자리
까마귀 가왁가왁 맴도는데
오 가는 길 간 데 없고

곱게 말아 올린 머리
북망산천 임 그리니
목놓아 곡절 하네

서방님 가신 길에
이 한 몸 내어 주니
님의 품속 여기였네

낙산사에서 / 小月 정향일

낙산사 가는 길
백길 담벼락 기왓장에
잠자리 한 마리 쉬었다 간다

가파른 절벽 아래 굽은 허리 쳐 받들고
멀어져간 중년의 한 소나무
짙은 바다 내음에 몸을 씻는다

해안선 따라 이어지는 유정
갈매기 떼 무리 지어 나르고
이는 파도 무정의 시간 퍼덕이니
흔적의 세월 파헤쳐진다

수제선에 마실 나온 진주조개는 제값을 하려나
물결 속 그네를 타고
기다림에 메마른 해초의 끈은
조개껍질 모래알만 채운다

오다가다 만난 인연은 층층이 백사장에 쌓이고
오늘이 가고 새해가 오면
아롱아롱 하나둘 소리 없이 피어나는 꽃

해당화 피는 유월이 오면
많이는 외롭지 않은 곳에서
수평선 너머 저 하늘을 다시 바라볼 수 있다면

나는
슬퍼도 외롭지는 않겠다

뚝섬역에서 / 小月 정향일

뚝섬역 가을이 오기 전 나는 떠날 준비를 해야 한다
편의점 한켠에 놓인 빨간색 탁자
막걸리 한 병 흔들어 세워 놓고
가을이 오기만을 기다린다

오후 늦은 시각 언제나 그랬듯이 석양에 지는 해는
잔잔한 물결 속 파도가 되고
살결에 와 닿는 강바람은 그루터기 앉을 새가 없다

계단을 내리는 여인의 치맛자락에 가을이 걸리면
어느샌가 슬픈 사슴이 그리운 꽃이 된다

설렘의 가을 여인 이별 시로 교차하고
서로의 빈손 내어주니 자벌레 속 하나가 된다

해 질 녘
맥박 시계의 초침 소리는 덧없는 세월에 울고
터질 듯한 심장 소리는
가슴 속 더 큰 하트를 만들어 낸다

뚝섬역 가을이 풍경을 넘어
떨어지는 사연은 이내 추운 겨울이 되고
돌아서는 우리를 하나로 묶는다

달리는 열차의 진동 소리
인연의 파장을 남기고
깊은 물 속 가을 여인 그려 넣으니
가을볕에 땅거미는 지고
흘러간 강물은
다시 오지 않는다 하네

123

시인 제갈일현

대구 거주
네이버 문학 밴드 〈문학이 꽃핀다〉 회원
대한문학세계 시 부문 등단(2019년)
(사)창작문학예술인협의회 회원
대한문인협회 대구경북지회 정회원

〈수상〉
대한문학세계 시 부문 신인문학상(2019)
대한문인협회 주최 〈짧은 시 짓기〉 전국공모전 동상(2021)
대한문인협회 부산지회 주최 향토문학상 은상(2022)

〈공저〉
〈2022 詩 자연에 걸리다〉 특별초대 시인 시화 박람회 참여
현대시를 대표하는 〈명인명시 특선시인선〉 (2021)
조선어연구회 발족 100주년 기념 〈현대시와 인물 사전〉(2021)

〈시작 노트〉
앞만 보고 바쁘게 달려 온 나날들이었습니다
더 이상 달리지 못하게 되어서야 알았습니다
너무 바쁘게 달려 온 것을

이제서야 보이는 것들이 있습니다
이제서야 느껴지는 것들이 있습니다

천천히 걸어 봅니다
바람이 참 좋습니다

미친 봄 / 제갈일현

백목련
눈웃음에

넋 나간
개불알꽃

민들레
찢어진 가슴

알기라도
하려나

인연 / 제갈일현

찰나의 만남이
영원으로 남으려나
메마른 가슴에
또 한 사람을 품어봅니다

거미줄로는
바람을 가둘 수 없듯
내 구멍 난 가슴에
당신을 잡아, 둘 수 없다는 걸
뻔히 알면서도

햇살에 비친
아침 이슬 같은 당신 모습
난 차마 놓을 수 없습니다

본시 만남은
헤어짐이 되어야 하는데
보내지 못하는 것은
아직은 내 마음이
한껏 어리석은 탓 일 겁니다

소나기 / 제갈일현

감꽃 같던 얼굴에
엉그름이 갈 때까지

밥값조차 못 한
나를 보더니

하늘이 왈칵
눈물을 쏟았다

지독한 봄 / 제갈일현

봄이란 놈이
참
독한 놈인가 보다

매화꽃 이파리
빙글빙글 떨어지고

처음 눈뜬 나비도
삐뚤빼뚤 날아간다

봄이란 놈이
정말로
지독한 놈인가 보다

보리밟기 / 제갈일현

보리는
밟아 주어야
키가 자라고

민들레는
밟히고서야
맑은 꽃을 피운다

우리들 주변에
밟혀가며
빛나는 것들이 있다

시인 최리아

부산 거주
네이버 문학 밴드 〈문학이 꽃핀다〉 회원
대한문학세계 시 부문 등단(2018년)
(사)창작문학예술인협의회 회원
대한문인협회 부산지회 정회원
시낭송가 자격 취득(2022.05.20.)

〈수상〉
대한문학세계 시 부문 신인문학상(2018)
2022년 제 16회 영호남 문화 축제 전국낭송대회 은상

〈시작 노트〉
한줄 한줄 널 향한 나의 고백
너로 인해 잠 못 드는 밤
행복 가득한 미소로 내게 올 땐
히아신스 향기처럼
영원한 사랑

달콤한 속삭임 입맞춤
헤어날 수 없는 마력이야
온 세상이 너로 인해 밝아진다

나랑 동행해 줄래

나에게 넌
까만 밤 하얗게 지새우는 시를 향한 그리움

나에게 넌 / 최리아

나에게 넌
두근두근 설렘임
온종일 네 생각뿐
때로는
눈길 한 번 주지 않는 너
내 속은 온기 없는 아궁이 속
까만 숯덩이가 되지

한 줄 한 줄 널 향한 나의 고백
너로 인해 잠 못 드는 밤
행복 가득한 미소로 내게 올 땐
히아신스 향기처럼 영원한 사랑
달콤한 속삭임 입맞춤
헤어날 수 없는 마력이야
온 세상이 너로 인해 밝아진다

나랑 동행해 줄래

머리카락을 말리며 / 최리아

불혹을 훌쩍 넘어선 여인이
거울 속에서 나를 바라본다

가로로 길게 누운 잔주름
머리 위 조각난 흰서리 꽃이
검은 머릿결을 뒤로 젖히며
입꼬리에 미소를 부탁하니

시간을 여행 보낸 흔적들이
부끄러운 듯 홍조 띤 웃음 머금으며
황혼이 질 때까지 동무가 되자고 한다

해가 지면 아름다운 노을빛으로
해가 뜨면 눈 부신 햇살이 되어
인생길 함께 가자고 고운 손을 내민다

주연 같은 조연 / 최리아

노란 속살 한겹 한겹
붉은 치마 갈색 향기
입혀 조물조물

하얀 쌀밥 한 숟갈에 쭉쭉 찢어
입 안 가득 오물오물
매콤달콤 구수함까지

허기진 뱃 속 채우고
헛한 마음 달래니
지친 피로감도 눈 녹듯 사라지는

저녁 식탁 주연 같은 조연
온 가족 입맛 사로잡은 엄마 손맛 김치

공갈쟁이 / 최리아

여름 한낮 햇살은 대지 위에 내리쬐고
아스팔트는 지열을 토악질해대고
줄줄이 늘어선 자동차 반사열
한낮 아파트 1층 지열은
진퇴양란이라

그럴 때마다 더운데 어찌 사냐
전화기 너머 엄마 목소리
안 더워요
아직 살만하다고 했는데
정말 그랬는데
엄마 집은 이렇게 더웠던 것을

불쾌지수 최고에 달할 즈음 에어컨을 켜신다
더울 때 틀고 계셨어요 물으니
그동안은 안 더웠어
오늘 더워서 글제

전화에 더운데 어찌 사냐
하시던 그때마다 더웠던 것을
거짓부렁
오늘만 덥다고 하신다

혼자 계실 땐 더워도 참고
추워도 참고 자식 올 때만 냉난방을 트는
울 엄마는 사랑 가득한
공갈쟁이
자식 바보

우리 사랑 처음처럼 / 최리아

누가 먼저랄 것도 없었지
자석에 이끌리듯 우리
사랑했었던 거야
당신 이름 낭군님
내 이름은 색시
노란 유채꽃 만발한 날
검은 머리 파뿌리 될 때까지
사랑하자 맹세했고

해삼 멍게 소주 한 병
낚시 그물 던져 올린 게에 우리 사랑 버무리면
밥도둑 양념게장 하얀 쌀밥 한 술에 행복했던 시절

세상이라는 거친 파도
쓸리고 부딪쳐 피멍 자국
가을 산 단풍처럼 선명하고
하얀 눈 내리는 겨울 엄동설한 끝없을 것 같았는데

얼음 속 시냇물은 흐르고 있어
들어봐 봄이 오는 소리
토닥토닥 쓰담쓰담

우리 사랑 처음처럼

시인 최준건

경상남도 진주 거주
네이버 문학 밴드 〈문학이 꽃핀다〉 회원
대한문학세계 시 부문 등단(2019년)
(사)창작문학예술인협의회 회원
대한문인협회 경남지회 정회원
경찰관
하모니카 강사
낭만골퍼

〈수상〉
대한문학세계 시 부문 신인문학상 수상(2019)

〈시작 노트〉
한계를 모르고 빨라져 가는 심장 박동
가슴이 터질 것 같은 검은 공포로 다가오면
거북 걸음으로 이어간다

저 멀리 희망의 골인 지점
내 눈동자 속으로 들어와
창공을 향해 사뿐히 날아오르고
달리는 내 몸은 새하얀 깃털이 된다.

〈황홀한 레이스〉 중에서

평정심의 조건 / 최준건

그림을 그리는 나는 물감을 풀어본다

첫째 물감, 긍정적으로 변한다
둘째 물감, 불안감이 사라진다
셋째 물감, 언행에 신중해진다
넷째 물감, 서운함이 없어진다
다섯째 물감, 화내는 일이 줄어든다
여섯째 물감, 당당해진다
일곱째 물감, 여유가 생긴다
여덟째 물감, 외롭지 않다
아홉째 물감, 집착하지 않는다
열 번째 물감, 너그러워진다

삶이여 시간이여.

태양 / 최준건

은은하게 다가오는 여명의 눈빛
가장 완벽한 상태로 포근하게 감싼다
아버지의 뜨거운 품처럼

수천 년 동안 수많은 작가가 마주한다
서툰 손놀림은 이카로스 창공을 비행하고
이글거리는 몸놀림
멋진 춤을 추고 있다

다른 이들의 다가옴을 허락지 아니한다
나만을 편안하게 감싸 안아주며
모든 것을
너그럽게 받아주는 당신

언제나 그 자리
사랑을 베풀어 주는
이타적인 그대는
영원한 희망의 성인가.

꿈결 같은 사랑 / 최준건

새벽 별빛 내려오는 고요한 아침
부엌까지 들려오는 까치의 울음은
문틈 사이로 빠져나오는
새하얀 밥 내음이
코끝을 살짝 건드리고 있다

올망졸망 오 남매는 밥을 먹는지
마는지 밥상 위는 조그만 씨름판
막내아들 반찬 투정에
말없이 갈치 토막 내미는 그 고운 가슴

산마루 고추밭에 호밋자루 하나 들고
고랑 사이를 해 질 녘까지 머무시고
이마에 땀방울 맺혀있는 가녀린 얼굴

콩밭 위를 하늘하늘 나시던 모습도
언제나 내 볼 어루만져준 고운 손길도
이제는 어디로 흔적 없이 사라졌나
무덤가에 홀로 버티는
배롱나무 가지만이 가신 님 지키고 있네.

황홀한 레이스 / 최준건

별들이 쏟아지는 시간이면
설레는 마음으로 연습에 몰입하고
날이 밝아 대회장으로 달려간다

차들로 붐비던 아스팔트
잠시 무거운 짐을 내려놓고
작은 바퀴들의 놀이터로 양보한다

출발을 기다리며 꿈틀거리는 저들도
한 번의 총소리에 놀라 뛰쳐나가고
나만의 페이스로
지구를 힘껏 박차며 나아가는데
이십 킬로미터는 너무나 황홀하다

기다리던 반환점을 사뿐히 돌아
한발 두발 미끄러져 바람 속을 가르고
한계를 모르고 빨라져 가는 심장 박동
가슴이 터질 것 같은 검은 공포로 다가오면
거북 걸음으로 이어간다

휴!

저 멀리 희망의 골인 지점
내 눈동자 속으로 들어와
창공을 향해 사뿐히 날아오르고
달리는 내 몸은 새하얀 깃털이 된다.

책들의 유혹 / 최준건

시의 향기가 머무는 곳
발길이 다가가고
출입문은 말없이
나그네를 두 손으로 맞이한다

눅눅한 책 곰팡이가
가슴으로 번져 오는 은밀한 반란을 바라보며
로마의 원형 경기장 함성이
심장에 올라 북소리를 울리며 뛰어논다

위쪽 빼곡한 몸을 꿈틀거리며
목을 길게 늘어트린 친구들
왁자지껄한 웃음 속에 흐르는
초롱한 눈 맞춤이
마음을 도둑질하기 시작한다

누가 질세라
마음의 야구공을 주고받고
저녁같이 이야기꽃은 점점 깊어가면
어김없는 이별의 시간 앞에
매정하게 등을 돌려야 했다

못다 한 사랑의 아름다운 삶이 담긴 뜨락 더듬으며
다시 너와의 깊은 입맞춤 속에
하얀 사랑으로 지새우고
떨어지지 않는 발길 돌리는 아쉬움에 달빛이 달래준다.

시인 최혜금

서울 출생, 경기도 구리 거주
네이버 문학 밴드 〈문학이 꽃핀다〉 회원
신정문학&문인협회 시부문 등단(2022년)
SNS 밴드 시창작 활동 중
현재 파스타 집 운영

〈수상〉
뉴스N제주 아침시 "소등의 시간" 선정(2021)
신정문학&문인협회 시부문 신인문학상(2022)

〈시작 노트〉
일복 많은 여자는 나를 돌아볼 기회도 없이 나이 먹는 게 가슴 시리다
틈틈이 학창 시절 좋아했던 시인의 시를 모셔다 낭송도 하고
나를 찾고자 안 되는 필력으로 이른 아침에 눈을 떠 끄적임으로 하루를 열었다

딸로 아내로 엄마로 그리고 맏언니로 살아온 나
이젠 깊어가는 가을날
고요히 익어가는 곡식들처럼
내 삶도 고요히 영글길
오늘도 오롯이 나를 찾고자 펜 들어 본다

인생의 다시 시작점이라는 60이 코앞
나의 이름으로 시집 가지고 싶은 소망을 꿈꾸며 시를 쓴다.

5월 어느 날 / 최혜금

하얀 솜틀 감싼 씨앗 품은 민들레
여린 목 내밀고
애처롭게 길섶에 서 있다

살랑이는 짓궂은 봄바람 따라
길을 나선다

떠미는 곰삭은 햇살
졸고 있는 정류장 긴 의자에 앉아
버스 기다리는 아낙네

마음은 어느새
라일락 향기 담은 보랏빛 연서를 띄우고

얕은 구름이 담벼락에
걸터앉아 낮잠을 청하는
5월의 소박한 이름

들꽃 환한 눈빛으로
여백의 빈자리에 5월의 수채화
눈부시게 푸르다

등진 달 / 최혜금

당신이 떠난 빈자리
강물 위 꽃물 들어
눈 시린 꽃잎 떠 있네

외로움은 검은 심장에
노란 구멍 하나 뚫어
놓았나

길 잃은 달빛
봉인된 우물 안
덩그러니 남은 둥근 달

추일서정 / 최혜금

햇푸른 바탕화면에
바람이 몰고 온 가을 춤을 춘다

그 사이로 유유자적

화려하지 않지만 추하지 않게
고고한 날갯짓 한다
창공을 헤엄치듯 비상 중이다

봄날 여린 나뭇잎이
영글어 중년의 잎사귀 되어
비워라 속삭인다

가을, 무심하게 뚝 익어간다

나에게로 와준 고운 계절
너를 만나는 건 살아야 하는 이유 중 하나

붉게 익어가는 무심한 세월 저편에
커가는 내가 있기 때문입니다.

신호등의 혜안 / 최혜금

길 없는 길을 간다
바람과
구름과
새 그리고 나도

매일이라는 새로운 길 찾아
갈림길에서 잃어버리기도
찾기도 한다

거미줄 같은
길 만들어 서성 거리고
오도 가지도 못하고 멈추어 설 때
신호등에 바른길 물어본다

어제도 오늘도 내일도
도심 한복판
옳고 그름을 가르쳐 주는 신호등

눈 맑은
녹색 등불이 비추어 안내하는 길
침묵의 혜안 배운다.

화개에서 / 최혜금

강 건넛산 중턱
휘감아 도는
암자의 풍경소리 귓전에 맴돈다

가파른 절벽
고요 속
서 있는 암자 바라보며

흐려진 마디마디
속내 잡음 죽비로
봉합시킨다

부여잡은 손
경내 염불 소리
청하고 싶네! 그려

경상도인지 전라인지
금은 왜 그어
뭐 그리 중요하오

별거 아닌 세상
살다 가면 그만인 게지
화개장터 고봉밥이 구수하게 웃는다

시인 황영칠

아호 고송(高松)
경상북도 청송군 출생, 서울 거주
네이버 문학 밴드 〈문학이 꽃핀다〉 회원
대한문학세계 시 부문 등단(2022년)
(사)창작문학예술인협의회 회원
대한문인협회 서울지회 정회원
한국교원대학교 대학원 졸업
초등학교 교사(1970-2011)
학교 보안관(2011-2019)
함재(good will) 재직 중(2022~)

〈수상〉
대한문학세계 시 부문 신인문학상 수상(2022)
교육인적자원부 장관상 수상
녹조근정훈장 수상
대한문인협회 서울지회 향토문학상 은상 수상(2022.10)
대한문인협회 2022년 10월 4주 금주의 詩 선정

〈시작 노트〉
모진 겨울 추위를 이겨내고 양지바른 바위틈에 따뜻한 햇볕의
온기로 피어나는 한 송이 제비꽃 같이 살아온 인생이다.
봄에는 진달래꽃 화사한 동산에서 꿈을 키웠고 억센 소나기와,
무더위에 시달리면서 젊은 여름을 살아왔으며 가을에는 알찬 열매와
붉은 단풍처럼 익어가는 나의 빛깔을 시를 쓰는 마음으로 바라본다.

바람난 벚꽃 / 高松 황영칠

아이고 석촌호수, 것들뿐만 아니야
양재천에도 여의도에도 진해에도
이것들이 난리가 났당께

처자 가슴 꼬드기는 봄바람 땜시
얌전하던 벚꽃 처자들
봄바람 난 꼬라지들 좀 보소

겨우내 땅속에 틀어박혀
밤낮으로 잠만 퍼질러 자던 것들이
봄바람에 울렁증이 생겨
바람 따라 가출했나 봐

봄바람 총각 놈들
겨우내 벚나무 가지를 못살게 흔들어 대니
참고 견딜 재주가 있어야제

가슴에 바람 든 벚꽃 년들이
잠자리 날개 같은 핑크색 속곳만 걸친 채로
봄바람 따라 다 나왔네 그려
아이고 남사스럽네

바람난 처자들이
분홍색 속치마를 마구 흔들어 대니
봄바람 총각들이 짖고 까불고 난리가 났네

이것들아 너무, 짖고 까불지 말어
심술쟁이 봄비가 한바탕 심술부리면
달콤한 사랑도 끝장 난당께

149

당신의 접시꽃 / 高松 황영칠

빛바랜 시래기 반찬
껄끄러운 보리 개떡이라도
당신이 드신다면
당신의 접시가 될래요

풍파에 부대끼고
뒹굴다 부딪쳐서
이 빠지고 금이 가도
당신의 접시가 될래요

싫다고 돌아서며
이별주를 드신다면
술안주 가득 담은
당신의 접시가 될래요

접시꽃 곱게 꽂고
토담 길 돌아서던
쓰린 아픔 담아둔
당신의 접시가 될래요.

아득히 멀어져간 임의 목소리
희미하게 지워진 사랑의 흔적
미움이 타버린 사랑의 잿더미
소중히 담아둔 접시랍니다.

손가락 끝에 눈이 달려 있다면 / 高松 황영칠

손가락 끝에 눈이 달려 있다면
키 큰 아저씨 가랑이 사이로 약장수 구경도 하고
우등생 시험 답안지도 훔쳐보고
문틈으로 신혼 방도 몰래 볼 텐데

손가락 끝에 달린 눈으로
문풍지 친구 되어
고이 잠든 당신 모습
눈썹이 희도록 지켜보련만

손가락 끝에 눈이 달려 있다면
파란 하늘도 올라가 보고
새털구름도 만져보고
큰 키 미루나무 친구도 될 텐데

손끝에 달린 눈으로
별 같이 반짝이는 당신 눈에 눈 맞춤 하고
높디높은 당신 마음 한 아름 따다가
내 품에 고이 품고 고운 꿈 꾸련만

달빛이고 싶다 / 高松 황영칠

한 번만이라도 그대 얼굴
자세히 보고 싶다
그리움이 너무 커서

잠시라도 그대 목소리
귀 기울여 듣고 싶다
가슴이 너무 저려서

뜬 소문이라도
그대 소식 듣고 싶다
사랑이 너무 아파서

오늘은
그대 생각 가득 담은 편지를 쓰고
내일은 장미꽃잎 수놓은
사랑 이야기를 밤새 엮어서
달빛에 담아 그대 창가에 고이 걸어 두리라

님아
내 영혼의 그림자가 사라질 때까지
그대 방 창밖에서
곤히 잠든 그대 모습 바라보는
지지 않는 달빛이고 싶다

무인도가 되어 / 高松 황영칠

보고 싶어도
보고 싶다
말하지 못한다
그대가 더 아파할까 봐

그리워도
그립다고
말하지 못한다
이별의 상처가 더 깊어질까 봐

그대 집 앞을 지나면서
마지막으로 한 번만 얼굴 보자
말하지 못한다
그대 가슴에 파도가 더 커질까 봐

지금도 사랑한다
밤새 쓴 편지
그대에게 보내지 못한다
아물던 상처가 다시 덧날까 봐

사랑하는 그대를
저만치 두고
나 혼자 외로이 떠 있는
삭막한 무인도가 되어

그대를 위하여
차라리
멀리서 말없이 바라만 보리라
내 영혼이 사라질 때까지

작가 홍민기

전라북도 전주 거주
네이버 문학 밴드 〈문학이 꽃핀다〉 회원
현재) 유)전일전세관광 근무
문학지 수필과 비평사 주관 수필부문 등단(2002년)
서울디지털대학교 법무행정학과 4년 졸업
1981.08 / 경찰임용
2016년 / 전북경찰청 김제경찰서 경무과장(경정)으로 정년퇴직
2002년 / 추천작가로 한국문인협회 수필작가 등록
전북수필문인협회, 경찰문인협회 등 4개 단체 활동 중

〈수상〉
문학지 수필과 비평사 주관 수필부문 〈신인작가상〉(2002)

〈시작 노트〉
'인생은 육십부터'라는 말이 실감 나는 요즘, 굳이 이렇게 되리라 계획하고 실천해온 것은 아니지만 행운 같은 시기를 누리고 있다. 가진 것이 많은 것도 아니고 두 아들이 크게 내세울 만큼 잘 된 것도 아니지만 가족 모두 건강하고 별걱정 없는 평온한 상황, 내가 추구해온 '모든 것으로부터의 심적 자유'를 만끽하는 요즘이다. 영원했으면 하는 욕심을 내본다.
〈단풍이 아름다운 이유〉 중에서

나의 삶을 견인해주며 즐거움과 건강을 안겨주는 사진은 큰 기쁨이다.
〈사진이 주는 삶〉 중에서

여러분은 삶을 어떤 이유와 목적을 갖고 사느냐 묻는다면 뭐라고 대답하겠습니까?
...〈중략〉...
삶은 분명한 목표와 더 나은 미래를 향한 결심, 열정, 실행에 따라 얼마든지 달라질 수 있습니다. 그 결심은 결국 '행복한 나'를 만들기 위한 것입니다.
〈당신은 행복합니까?〉 중에서

(칼럼) 당신은 행복합니까? / 홍민기

톰 행크스가 주연했던 1994년 영화 '포레스트 검프'에 참으로 재미있는 장면이 나옵니다. 그토록 사랑했던 여친이 자신을 떠났을 때부터 달리기를 시작합니다. 목적지도 없이 3년 2개월 반을 달렸습니다. 수많은 사람의 동참 속에 이어진 달리기가 어느 날 멈추었습니다. 주인공이 말한 이유는 '그냥 피곤해서!'였습니다.

달리기를 시작한, 또 멈춘 이유가 특별한 것도 없이 그냥 '달리고 싶다거나 피곤해서'였습니다. 동참했던 수많은 사람과 뉴스를 본 국민들도 어안이 벙벙했던 아이러니한 장면이었습니다.

여러분은 삶을 어떤 이유와 목적을 갖고 사느냐 묻는다면 뭐라고 대답하겠습니까? 생명이 붙어 있으니까 사는 것이지 뭐 이유가 있어야 하냐고 할 수도 있습니다. 그러나 삶은 분명한 목표와 더 나은 미래를 향한 결심, 열정, 실행에 따라 얼마든지 달라질 수 있습니다. 그 결심은 결국 '행복한 나'를 만들기 위한 것입니다.

또 한 살이라도 젊을 때, 자신의 처지가 어려울 때 '나'라는 뚜렷한 주관의식을 가지고 열심히, 성실하게, 확실히 하는 것이 바람직합니다. 그저 막연하게 누군가를 따라 하는 것은 톰 행크스의 검프를 따라 달리는 사람들과 다를 바 없습니다.

좋은 목표를 향하여 열정을 갖고 정당하게 살아가는 것은 무엇보다 행복한 삶입니다. 살같이 빠른 세월, 더 늙기 전에 뭔가 소소한 것이라도 목표를 정해 매진해보는 삶은 당신에게 큰 즐거움과 젊음을 안겨줄 것입니다.

155

(수필) 단풍이 아름다운 이유 / 홍민기

 며칠 전, 고창 선운사로 단풍 촬영을 나갔다. 바로 전 주말에 뱀사골에 갔었지만, 예상과 달리 개울 주변만 단풍이 좀 들었을 뿐 절정은 열흘 뒤에나 될듯싶었다. 그래서 일주일 후였던 그저께는 어디 가던 꽤 들었을 것이라는 생각에서 선운사에 갔는데 또 헛짚었다.

 그래도 붉거나 노란 단풍잎이 듬성듬성 꽤 있어서 눈요기로는 충분했다. 올해는 적당히 비가 내렸고 추위도 서서히 오는 때문에 단풍의 색깔이 선명하고 나뭇잎도 튼실하니, 보기가 좋았다. 단풍이 아름답기 위해서는 여러 조건이 있는데 가장 큰 요소가 온도와 습도라 한다.

 나는 노년의 삶을 단풍과 낙조에 비유하곤 한다. 붉은 노을이나 진한 단풍과 같이 아름다워지려면 어떻게 해야 할까? 문득 행복의 조건을 떠올려봤다. 건강하고 돈도 좀 있어야 하겠고 적당한 소일거리, 즉 가벼운 일이나 취미가 있고, 몇 명의 친구, 가족이나 친인척 등이 걱정을 끼치지 않는 평화로운 상태가 되어야 할 것이다.

 그런데 인생이란 게 어디 뜻대로 되던가. 한 침대를 쓰는

부부 사이마저 로또 같다고 한다. 맞는 경우가 극히 드물다는 우습게 말이다. 그러기에 좋은 삶을 꾸려가려면 종종 삶을 돌아보고 나의 삶이 방향을 잘 잡아가고 있는지, 뭔가 때를 놓치는 것은 없는지, 가족과 주변에 마땅히 해야 할 도리나 관심을 소홀히 하지는 않는지 살펴야 한다고 생각해본다.

또한 삶 전체 중 어느 한때라도 결코 소홀히 하거나 게을리해서는 안 된다는 것을 느낀다. '단 한 번의 실수'였지만 그게 나머지 삶을 송두리째 바꾸거나 나락에 빠뜨리게 하는 경우가 허다하기 때문이다. 폭풍이나 거센 비바람, 뜨거운 햇살, 사막 같은 가뭄이 함께 할 젊은 시절을 지나 노년에 이르러서는 잔잔하고 고요한 초원의 삶이 되어야 한다.

'인생은 육십부터'라는 말이 실감 나는 요즘, 굳이 이렇게 되리라 계획하고 실천해온 것은 아니지만 행운 같은 시기를 누리고 있다. 가진 것이 많은 것도 아니고 두 아들이 크게 내세울 만큼 잘 된 것도 아니지만 가족 모두 건강하고 별걱정 없는 평온한 상황, 내가 추구해온 '모든 것으로부터의 심적 자유'를 만끽하는 요즘이다. 영원했으면 하는 욕심을 내본다.

(수필) 사진이 주는 삶 / 홍민기

사진을 하는 사람들에게 '이미지'는 관심의 처음과 끝이다. 한 장의 사진을 얻기 위해 백두산에 오르고, 철새의 물놀이 모습을 찍기 위해 호숫가 위장 천막 속에서 이틀을 보내기도 하며, 새벽 운해를 찍기 위해 전날부터 산 정상 천막 속에서 새우잠을 청하기도 한다.

그렇게 얻어진 멋진 한 장의 사진은 산모가 아이를 낳고 느끼는 환희와 비슷할 것이다. 아이를 낳기까지 겪게 되는 입덧, 요통, 변비, 위장염, 수면장애, 복통 등 그 모든 고통과 스트레스가 아이를 보는 순간 단번에 사라지고 오직 기쁨만 있게 되는 느낌, 바로 그와 같다.

그러기에 자신이 찍은 사진이 수백 수천 장, 수만 장이 될지라도 사진을 보면 언제, 어디서 어떤 느낌으로 찍은 자신의 사진임을 알아보게 된다. 마찬가지로 엄마가 자녀에 대한 애정의 본능도 아이가 꼬물이 시절부터 엄마 손가락에 잡히는 여린 손가락과 발가락, 젖내의 풋풋한 향, 옹알이 소리, 머리를 혼동하게 하는 미소까지 세월이 지나도 머릿속 깊게 기억되는 것이다.

죽음을 눈앞에 겪어 본 사람의 경험에는 그 짧은 시간에 자신이 겪어 온 평생 수백 수천 장이 넘을 장면들이 카메라 셔터속도처럼 몇백, 몇천분의 1초의 빠른 속도로 머릿속에 스쳐 가더라 했다. 과학적으로는 설명이 안 될 놀라운 기적이다. 사진은 그 기억을 보완하는 의미 깊은 존재로서 현대인에겐 하나의 생활이 되어 버렸다.

나는 30년 전 결혼하기 직전, 할부로 카메라를 구입했다. 바디와 렌즈 일체형 일명 똑딱이 카메라로써 비싸지 않은 것이었다. 그 카메라로 신혼여행, 아이 출산과 중학생 때까지의 성장 과정, 가족여행 등을 모두 찍었다. 작품성이 별로 없는 기록사진들이지만 나에겐 보석보다 더 귀중한 가치를 지니고 있다.

이번 주말도 출사를 나갈 예정이다. 나의 삶을 견인해주며 즐거움과 건강을 안겨주는 사진은 큰 기쁨이다. 이젠 싫증을 내는 아내의 불참이 아쉽지만 혼자서 하는 여행길도 나름대로 운치가 있다. 또 어떤 장면들이 감동을 만들게 할지 기대해본다.

문학이 꽃핀다

문학이 꽃핀다 동인문집 제1집

2022년 11월 25일 초판 1쇄
2022년 11월 29일 발행
지 은 이 : 박치준 외 25인
　　　　　유영서 기영석 김귀순 김귀하 김병훈 김옥순 김용호
　　　　　김유진 김정화 박만석 박정미 박치준 신향숙 심성옥
　　　　　염경희 이둘임 이의자 이호원 전효진 정향일 제갈일현
　　　　　최리아 최준건 최혜금 황영칠 홍민기
엮 은 이 : 박치준
디자인 편집 : 이은희
기 획 : 시사랑음악사랑
연 락 처 : 1899-1341
홈페이지 주소 : www.poemmusic.net
E-Mail : poemarts@hanmail.net

정가 : 12,000원
ISBN : 979-11-6284-410-6